www.tredition.de

AF216833

Renate Knappe

Nächtliche Gedankenflut

oder

Ein Suchkind erzählt

www.tredition.de

Verlag und Druck: tredition GmbH,
Halenreie 40-44
22359 Hamburg

ISBN
Paperback: 978-3-7469-1153-3
Hardcover: 978-3-7469-1154-0
e-Book: 978-3-7469-1155-7

Prolog

Ich heiße Nena und will hier von meiner Kindheit erzählen und damit also auch einen wesentlichen Teil unserer Familiengeschichte.

Es ist eine alte Geschichte, fast schon eine Tragödie, die sich vor etwa 70 Jahren zugetragen hat, deren Auswirkungen aber bis in die heutige Zeit zu spüren sind.

Sie ist ein Quälgeist. Einst ließ sie meine Mutter nachts nicht in Ruhe, und seit es Mutti nicht mehr gibt, kommen die Erinnerungen an vergangene Zeiten zu mir und bedrängen mich.

Diese Geschichte will aufgeschrieben werden. Das wünscht sie sich sehr. Sie fürchtet, und das mit Recht, sonst von der Welt vergessen zu werden.

Gut, ich werde ihr den Gefallen tun und das Familienschicksal aufschreiben.

Ich füge Begebenheiten, die meine Mutter und ich entweder gemeinsam oder auch getrennt voneinander erlebten, zusammen.

Möglicherweise ergeben sich hier und da ein paar Ungenauigkeiten. Das nehme ich dann auf meine Kappe, doch es ist niemand aus der Familie mehr auf dieser Welt, den ich bitten könnte, meine Ausführungen zu korrigieren. Noch ein Hinweis:

Da dieses kein Märchen ist, sondern die nackte Realität, gibt es nicht immer einen positiven Ausgang.

Kapitel 1

Unsere Familie war bis zu dem großen Schicksalsschlag eine ganz normale Familie mit Vater, Mutter
und Kindern. Mein Vater, der den Beruf eines Kauf-
manns erlernte, und zwischen den beiden Weltkrie-
gen mehrmals arbeitslos war, ergriff die ihm gebotene
Möglichkeit, wieder zu einem regelmäßigen Einkom-
men zu gelangen und wurde Sportlehrer bei der
Wehrmacht. Seine Erfahrungen, die er in jugendli-
chen Jahren bereits im 1. Weltkrieg als Soldat gemacht hatte, kamen ihm nun zugute.

Er war stolz, nach Jahren der Arbeitslosigkeit wieder
ein normales Leben zu führen und jetzt auch eine Familie gründen zu können, und zwar mit Gusti, einem
hübschen Mädchen mit schwarzen Haaren und brau-
nen Augen, das er bei einer Tanzveranstaltung in Königsberg kennengelernt hatte.

Gusti war glücklich über die bevorstehenden Jahre,
die sie nun mit Ludwig haben sollte, und gab ihre Arbeitsstelle als Kontoristin auf. Sie heirateten beide im
Jahre 1933. Ein Jahr später bekam das Paar das erste
Kind, den Sohn Wolfram, das Jahr darauf das zweite,
dieses Mal das Mädchen Britta.

Als ich im Jahre 1941 geboren wurde, wartete bereits ein gemütliches Zuhause auf mich, das sich im
Familienhaus von Vaters Dienststelle befand. Gute

drei Jahre später wurde aus dem Kindertrio mit Lilli noch ein Quartett.

An meinen Vater habe ich absolut keine Erinnerungen, weder von der Gestalt noch von den Gesichtszügen. Ich sehe lediglich einen Mann in einer Uniform vor mir. Außerdem weiß ich noch gut, dass er ein sehr strenger Familienvater war. Er duldete keine Widerrede, und so brauchte er mich beispielsweise bei Tisch, bei gemeinsamen Mahlzeiten, die die Familie an dem runden Esstisch im Wohnzimmer einnahm, nur scharf anzusehen, da zuckte ich schon zusammen, und ich aß meinen Teller ohne zu murren leer, auch wenn es mir nicht schmeckte oder ich eigentlich schon satt war. Ein Blick von ihm genügte, und ich wusste, was zu tun ist.

Was ich noch weiß, wenn ich an meinen Papa denke? Ja, da ist noch etwas. Er sitzt im Sessel, ich stehe hinter ihm und betrachte in seinem kurzgeschnittenen Haarschopf eine kahle Stelle am Hinterkopf, die von unserer Mutter scherzhaft als „Mond" bezeichnet wurde. Das ist dann auch schon alles, was ich mir von meinem Papa vorstelle. Mehr kann ich dazu nicht sagen.

Im Gegensatz zu unserem Vater war unsere Mama den ganzen Tag bei uns Kindern und immer für uns greifbar. Sie war einfach da, sie hegte und pflegte unsere Wehwehchen und umsorgte liebevoll die Familie.

Die Familienidylle, so wie ich sie vor Augen habe, fand dann aber ein jähes Ende, als wir uns mitten in einer Januarnacht von unserem Vater und von unserer Heimat auf Nimmerwiedersehen verabschieden mussten. Dass es für immer sein sollte, war natürlich keinem in dieser Minute bewusst.

So begann unsere Odyssee:

„In der Nacht des 17. Januar 1945 gingen in Deutsch-Eylau unaufhörlich die Sirenen. Dazwischen folgte laufend die Bekanntgabe, dass die Einwohner sofort die Stadt zu verlassen haben, da der Feind im Anmarsch ist…

Züge würden auf dem Bahnhof bereitstehen."

Diese Aussage meiner Mutter, Teil einer schriftlichen Notiz, die ich in den Unterlagen ihres Nachlasses fand, geht mir, seit ich sie las, nicht mehr aus dem Sinn.

Meine vielen Grübeleien über diesen Tatbestand mit allen seinen Folgeerscheinungen, welche mir durch diesen Vermerk wieder verstärkt bewusst gemacht wurden, lassen mich nicht mehr los. Immer wieder stelle ich fest, dass sich das, was damals im Winter 1945 und danach geschah, auf mein ganzes bisheriges

Leben auswirkte und überall Spuren hinterließ, die mich verfolgten und die immer wieder meinen Weg kreuzten.

Kapitel 2

Wie war das damals?

Es war ein strenger Winter. Die Temperaturen waren unter -20°C, vielfach sogar auf -25°C gesunken, und es schneite ohne Unterbrechung.

Solch Wetter war für die Einwohner Ostpreußens nichts Ungewöhnliches, denn in diesem Landstrich gehörten klirrende Kälte und Schneegestöber zum richtigen Winter und wurde meist in jedem Jahr aufs Neue sehnlichst erwartet. Schlittenfahrten und Eislaufen, danach die Freude auf eine anheimelnde Wohnung mit einem großen warmen Kachelofen, das alles war nicht zu verachten und zu leugnen.

In diesem Winter allerdings, da war alles anders.

Nun war also für uns alle an diesem 17. Januar 1945 der entscheidende Augenblick gekommen, von dem zum Glück keiner im Vorfeld ahnte, was er auslösen und wie es weitergehen würde, und der auch unser vollständiges und intaktes Familienleben für immer beendete.

Unsere Mutter fürchtete sich schon lange vor diesem Tag, von dem sie wusste, dass er einmal kommt. Nur laut aussprechen durfte sie nicht, was sie insgeheim dachte. Das war verboten. Aber jetzt half nichts, jetzt war er da, dieser Tag, und sie allein musste die Kinder in Sicherheit bringen und sich selbst auch, schon der Kinder wegen. Sie hoffte, wünschte sich und baute darauf, auch bald wieder ihren treusorgenden Ehemann Ludwig an ihrer Seite zu haben. Bis dahin musste sie nun allein mit den Kindern auf die Flucht gehen.

Es war unserem Vater leider nicht vergönnt, uns in dieser kritischen Lage als Oberhaupt der Familie zu begleiten und zu beschützen, denn es war Krieg und er hatte sich dem fatalen und nutzlosen Kampf um den Endsieg Deutschlands zu stellen.

Ihm gelang es jedoch, für ein paar Minuten zu uns in die Wohnung zu einem traurigen Lebewohl zu kommen. Es war das letzte Mal, dass ich von Papa in den Arm genommen und gedrückt wurde und zu jemandem das vertraute Wort „Papa" sagte. Das geschah nie wieder in meinem Leben und war mir auch erst viele Jahre später bewusst. Papa war jetzt weg, für immer für uns verloren. Unwiderruflich! Wir sahen ihn nicht wieder.

Ab sofort hatte Mutti, damals eine junge Frau von fast 35 Jahren, ein schweres Los auf sich genommen und trat, ganz auf sich gestellt, mit uns vier Kindern, mit

Wolfram (10 Jahre), Britta (9 Jahre), Nena (3 Jahre) und dem Baby Lilli (5 Monate)

eine Hals über Kopf begonnene ziellose Reise ins Unbekannte und nach Nirgendwo an.

Mutti war es in den vergangenen zwölf Jahren, in ihren Ehejahren, gar nicht gewohnt, wichtige Entscheidungen für die Familie zu treffen. Mein Bruder Wolfram, der ja immerhin sieben Jahre älter als ich und zudem ein helles Köpfchen war, hatte das mitbekommen und sagte mir dazu einmal, dass diese Situation völlig neu für Mutti war. Das wäre ganz typisch für diese Zeit, dass dem Mann, die Rolle des Bestimmens zukam. Das war sogar gesetzlich verankert und steht auch im Familienstammbuch, welches meinen Eltern zur Eheschließung im Jahre 1933 ausgehändigt wurde. Es heißt dort wörtlich:

„… In der Ehegemeinschaft ist der Mann das Haupt…

Ihm überlässt das Gesetz die Bestimmung

von Wohnort und Wohnung und die Entscheidung

in allen das gemeinschaftliche Eheleben

betreffenden Angelegenheiten…"

Weiter heißt es:

„…In den Geschäften

des engeren häuslichen Wirkungskreises

ist die Frau berechtigt, den Mann zu vertreten…"

Ich denke, Vater nahm dieses Privileg des Oberhauptes der Familie sehr ernst. Er war wirklich eine große Autoritätsperson, der wir Achtung und Respekt entgegenbrachten. Sein Wort galt ohne Wenn und Aber, ohne Widerrede, ohne Diskussion. Dennoch, er stellte seine Familie, die er abgöttisch liebte, über alles; das weiß ich von Wolfram.

Aber nun schickte er uns, zwar ungewollt, allein auf Reisen. Er kam nicht mit, uns zu beschützen und eventuelle Gefahren, die auf uns lauerten, abzuwenden oder wenigstens zu verringern. Er kam nicht mit und war nicht da, uns zu helfen und Mutti zu entlasten. Wir traten ohne ihn die ungewisse Reise an, und keiner wusste, wohin die Reise gehen würde; die Hauptsache weg und raus aus der Gefahr.

Kapitel 3

Ich war zum damaligen Zeitpunkt gute drei Jahre alt. An den Augenblick, an dem wir Abschied nahmen von der Heimat, Abschied vom Vater, Abschied vom Zuhause kann ich mich nur undeutlich erinnern, denn immerhin war es mitten in der Nacht, als ich aus dem Schlaf gerissen wurde und wir aus der Wohnung gingen. Wahrscheinlich funktionierte ich einfach, stellte auch keine Fragen, weil ich wohl spürte, dass es nicht die richtige Zeit für lange Erklärungen war.

Selbst wenn ich Näheres über das Wie und das Warum gewusst hätte, verstanden hätte ich es bestimmt nicht. Woher sollte ich, eine Dreijährige, auch wissen, was es bedeutet, vertrautes Terrain wegen Krieg verlassen zu müssen. Wussten das denn immer die Erwachsenen?

Ich sollte so peu à peu diese Erfahrungen machen.

Schon unterwegs zum Bahnhof erlebten wir, dass die Straßen mit Menschen vollgestopft waren. Was auf dem Bahnhofsgelände los war, kann sich wohl jeder denken und sich auch gut vorstellen, was es heißt, wenn alle Einwohner einer Stadt zum gleichen Zeitpunkt zu einer bestimmten Stelle kommen sollen.

Diese Menschenmassen, die alle in Züge einsteigen wollten! Schon allein dieser Anblick war beängstigend.

Jedenfalls fanden wir in einer Ecke eines bereitgestellten Zuges, eines Güterzuges, einen mit Stroh angereicherten Platz, allerdings auf engstem Raum. Wir hatten immerhin Glück, nicht auf nacktem Boden sitzen zu müssen.

Ich sehe mich in der Erinnerung noch viele Jahre später, wie ich als Dreijährige zusammen mit meinem Bruder Wolfram und der Schwester Britta dicht gedrängt bei Mutti und dem Kinderwagen mit dem Baby Lilli sitze, umgeben von vielen anderen Leuten, die alle dasselbe Los wie wir hatten.

Das wenige Gepäck, das wir unser Eigen nannten, behielten wir gut im Auge. Es war in der Menschenmasse wichtig, auf Hab und Gut zu achten, denn es war klar, Ersatz würde es nicht geben, wenn es abhandenkäme.

Aber was war das schon – unser Hab und Gut! Es konnte und durfte nur mitgenommen werden, was unbedingt notwendig war. In unserem Fall sah das so aus: Ein Koffer mit ein wenig Wäsche zum Wechseln für jeden, eine Tasche mit Nahrungsmitteln für unterwegs, wie Kekse, Stullenpakete, Zwieback und Milchprodukte.

In Muttis Handtasche steckten ein paar wichtige Papiere und einige Fotos. Wolfram und Britta hatten beide ihre Schultornister dabei mit jeweils einem warmen Pullover und einem dünnen Büchlein. Auf seinen Schulatlas hatte Wolfram auch nicht verzichten wollen. Er hoffte, darin noch das Ziel dieser Reise zu entdecken.

Ich hatte mich in aller Eile für eine meiner vielen Puppen entschieden. Natürlich durfte es nur eine ganz kleine sein, die in meine Manteltasche passte. Meine Lieblingspuppe, die Monika, lag bei unserem Verlassen der Wohnung in ihrem Puppenbett, das in der Ecke des Schlafzimmers meiner Eltern stand. Dort lag sie warm eingepackt. Ich hatte sie noch gut zugedeckt. Ade, Moni! Bis bald!

Ob sie wohl noch immer auf mich wartet? Oder hat sie mich schon vergessen, weil sie eine neue Puppenmama hat? Diese Fragen bewegten mich in meiner Kindheit sehr, aber niemand wollte sie mir beantworten.

Ein Trost war mir jedoch immer, dass mein Puppenkind Moni nicht allein war, als wir gingen. Bei ihr war Hilde, die hübsche und wertvolle Schildkrötenpuppe meiner Schwester Britta. Eigenartig war nur, diesen Puppen und den vielen anderen Dingen, die wir zurückließen, weinten wir keine bitteren Tränen hinterher. Warum nur nicht? Ich denke, dafür war nie der richtige Zeitpunkt. Wir wurden durch aktuelle Probleme immer wieder abgelenkt, durch neue brenzlige Situationen, in die wir gerieten und die wir meistern mussten.

Dennoch hatten wir während unserer Irrfahrt auf dem Fluchtweg genügend Zeit, ja, die hatten wir wirklich im Überfluss, Zeit gepaart mit Angst und Panik. Der Güterzug, der uns aus Deutsch-Eylau heraus aus der Gefahrenzone bringen sollte, kam nur sehr stockend voran. Immer wieder musste er halten, weil ringsherum der Krieg tobte und der Gegner unsere Weiterfahrt mit Barrieren auf den Gleisen, Tieffliegern, Panzern, Maschinengewehren oder Bombenabwürfen blockierte. Oft wich unser Güterzug auf Gleise der Nebenstrecken aus, um dem Schlimmsten zu entkommen, oder er musste die Strecke auch für unsere deutschen Soldaten, aber auch für die feindliche Armee freimachen. Dann brauchten diese die Eisenbahnschienen und Straßen, und die Zugreisenden mussten eben warten. Es kam zudem häufig vor, dass die Gleise zerstört waren. Auch dann war an eine Weiterfahrt nicht zu denken. Wir mussten dann eben warten und die Gewehrfeuer aus der Ferne oder gar die Salven der Maschinengewehre aus der Nähe mitanhören. Das erzeugte bei allen Angst. Wie viel Angst kann ein Mensch eigentlich ertragen?

In den einzelnen Waggons saßen die Fliehenden mit einer Zentnerlast von Angst auf den Schultern, furchtsam und zusammengepfercht zwischen fremden Leuten, Koffern, Taschen und Rucksäcken und waren dem Spektakel völlig hilflos ausgeliefert, jeden Tag und jede Nacht aufs Neue. Mittendrin waren wir, unsere Mutter mit uns, den vier Kindern, eigentlich suchten wir ja nur einen Weg in die Sicherheit, wo immer die auch war. Wir wollten nur diesen kritischen Zuständen entfliehen! Mehr nicht. Aber statt besser, wurde es immer unerträglicher. Dazu der Platzmangel, der uns zwang, still auf der ergatterten Stelle sitzen zu bleiben. Er nahm uns jegliche Möglichkeit, uns zu bewegen. Kein Hopsen, Springen, Laufen. Kein fröhliches Lachen, kein Spielen, kein Spaß. Solches war vorbei und auch vergessen.

So ging es eine lange Zeit, diese Tage und Nächte wollten kein Ende nehmen. Obwohl mit uns viele Leute in dem Waggon saßen, waren wir doch allein.

Uns Kindern ging es auch gar nicht gut. Britta kränkelte schon seit der Abfahrt, und ich bekam heftige Ohrenschmerzen. Auf dem engen und unbequemen Lager, auf dem wir uns, so gut es ging, eingerichtet hatten, war natürlich kein Auskurieren möglich, und die Fahrt zog sich hin und dauerte und dauerte.

Das war es aber nicht allein, was unsere Reise so beschwerlich machte. Es gab weitere große Probleme, die es zu bewältigen galt.

Kapitel 4

Als wir unsere Reise begannen, wusste niemand, wohin es geht und wie lange es dauert, bis wir irgendwo einen sicheren Hafen erreichen.

Am 17. Januar waren wir aufgebrochen. Nun war dieser Monat längst vorbei, und der Februar hatte begonnen. Ein Ziel war noch immer nicht in Sicht. So harrten wir auf unserem Strohlager aus, ruckelten abwechselnd mit unserem Zug vor- und rückwärts, mal zu dieser Seite, mal zu jener, hin und her oder standen bewegungslos auf der Strecke oder den Nebengleisen. Es ging nicht voran.

Der Reiseproviant war längst aufgebraucht, also die Stullen vertilgt, ebenso die übrigen Lebensmittel aus der Esstasche. Was sollten wir essen? Panik machte sich breit.

Ich kann mir heute, so viele Jahre später, auch gar nicht mehr erklären, wie wir die Fahrt ohne Verpflegung überstanden haben. Wie hat es Mutti nur geschafft, uns zu ernähren, uns durchzubringen, obwohl wir nichts mehr hatten?

Ja, gelegentlich tauchten Rote-Kreuz-Schwestern auf, die den verängstigen, durstenden und hungernden Flüchtlingen einen warmen Tee oder eine dünne Suppe anboten, aber das war sehr selten, und verlassen konnte sich niemand, dass dieses in absehbarer

Zeit wieder geschieht beziehungsweise der Magen damit wenigstens annähernd gefüllt wird.

Eine „Delikatesse" fällt mir an dieser Stelle ein, und ich will sie nicht unerwähnt lassen. Es gab da noch etwas, das wir, wenn auch nur ein- oder zweimal, unserem knurrenden Magen anboten. Dieses hing mit dem anhaltenden Winterwetter zusammen.

Wie bereits im Vorfeld erwähnt, ruckelten wir, allen ringsherum lauernden Gefahren zum Trotz, mal schnell, mal langsam, mehr stehend als fahrend durch die Lande. Wenn gelegentlich die Tür aufgeschoben wurde, sahen wir bei klarer Sicht eine weitreichende Landschaft, eine weiße Winterlandschaft. Wenn dann der lange Güterzug irgendwo unversehens anhielt und es vorauszusehen war, dass er nicht gleich wieder weiterfährt, nutzten viele aus dem Zug kurz entschlossen den Aufenthalt, das jetzt stehende Fahrzeug zu verlassen, sich eine Stelle zu suchen, um sich in freier Natur, möglichst, wenn vorhanden, hinter einem Busch versteckt, zu erleichtern, zwar auch nicht von anderen ungesehen, aber immerhin besser als beim Kübel im Waggon. Solche Pausen gab es öfter, aber nicht für uns. Das ließ Mutti nicht zu, dass wir ausstiegen. Es war einfach zu riskant und zu ungewiss, wann es weitergeht, wann sich der Zug wieder in Bewegung setzt.

Eine Ausnahme machte sie allerdings bei Wolfram, ihrem ältesten Kind. Er durfte sich hin und wieder unter die Aussteigenden mischen, um auf dem Feld, wenn dieses als abgeerntetes Rübenfeld zu erkennen war, zwischen Schnee- und Eisklumpen nach Nahrung zu suchen, nach Rüben oder zumindest Rübenresten, die nach der letzten Ernte liegengeblieben waren. Er wurde auch fündig, aber eben äußerst selten, und wir freuten uns über seine Beute. Von einem solchen kalten Rübenstück wurden wir zwar nicht satt, aber wir lebten weiter.

Diese Idee, auf diese Art etwas Essbares zu suchen und zu finden, stammte nicht von uns, die hatten andere vor uns auch schon, zum Beispiel damals – im 1. Weltkrieg. Das las ich einmal in einem Bericht, und es wurde sogar vom Rübenwinter gesprochen.

Es war für uns wirklich eine Delikatesse, die zu Eis gefrorenen Wrukenstücke möglichst langsam im Mund schmelzen zu lassen, lange zu kauen und dann runterzuschlucken. Das war besser als nichts, und wir hatten es einmal wieder geschafft, den Magen zu überlisten.

Bei dieser Fahrt hatte jeder seine eigenen persönlichen Feinde, und doch waren es bei allen immer die gleichen:

die Fremde, kein Zuhause, eine Irrfahrt durch unbekanntes Land, kein warmes Bett, keine sanitären Anlagen, Kleidung, die wir ohne zu wechseln Tag und Nacht am Leib trugen, Kälte und Hunger, Hunger, Hunger! Der Hunger war und blieb der schlimmste Widersacher.

Irgendwie hielten wir das alles letztendlich aus. Und ich? Ich kann nicht sagen, dass es bei mir anders war. Noch fühlte ich die Wärme von Muttis Gegenwart und der meiner Geschwister. Noch waren wir ja zu fünft.

Der Februar war mittlerweile auch vorbei, der März hatte begonnen und ein Ende dieses Martyriums war nicht abzusehen. Das war aber erst der Anfang. Es sollte alles noch schlimmer kommen. Wir fuhren und standen, fuhren hin, standen, fuhren zurück. Unser Reiseziel, wo immer das auch war, hatten wir längst noch nicht erreicht. Ja, wohin ging diese nun schon sieben Wochen andauernde Irrfahrt eigentlich?

War überhaupt noch ein Weg, eine Strecke, eine Bahnlinie vorhanden, um heil an Körper und Verstand an einem sicheren Ort anzulangen? Neben uns wurde von Anfang an der Reise geschossen, geschossen, geschossen, auch vor uns und hinter uns. Überall Schüsse. Dazu die Flugzeuge, die immer wieder über uns hinwegflogen. Wann würde uns eine abgeworfene Bombe treffen? Wohin sollten wir nur? Wo gab es für uns Sicherheit?

Überall breitete sich Angst und Verzweiflung aus. Dazu kamen die Kälte, die primitiven Bedingungen im Güterwaggon und vor allem der Hunger, wieder der Hunger, der überhaupt das schlimmste Übel war.

Da saßen wir nun im Güterzug und warteten auf, ja, worauf eigentlich? Keiner wusste, ob es überhaupt ein Weiterfahren gab und wenn, wann das war. Gab es überhaupt eine Weiterfahrt?

Kapitel 5

Eines Tages, es war genau der fünfzigste Tag unserer Flucht, als der Zug schon wieder einige Tage und Nächte auf freier Strecke stand und sich nicht von der Stelle bewegte, da hieß es plötzlich:

Morgen geht es weiter.

Das war in dieser ganzen Ungewissheit endlich einmal eine klare Ansage, die sich in Windeseile unter den Fliehenden in allen Waggons verbreitete. Es hatte sich auch herumgesprochen, dass wir uns hier in Pommern etwa zwei Kilometer vor der Stadt Kolberg befanden, und dort funktioniere das Leben noch so einigermaßen. Es gäbe dort sogar Bäcker, die ihre Backwaren auch an Flüchtlinge abgeben würden, und zwar pro Person ein Brot könnte man dort erhalten. Also, worauf noch warten? Auf nach Kolberg! Ein Fußmarsch hin und zurück – ein Klacks!

Ja, so sah Mutti das auch. Das war eine sehr gute Nachricht, aber für sie fast unerreichbar.

Oje, ich möchte aus heutiger Sicht da nicht in ihrer Haut gesteckt haben. Wir brauchten unbedingt etwas zu essen, wollten wir nicht verhungern; wir brauchten also das Brot, es war so wichtig und in greifbarer Nähe. Einer musste nur hingehen und das Brot holen. Aber wer?

Wie sollte Mutti das schaffen, wie das bewerkstelligen? Wie sollte sie diesen inneren Konflikt lösen?

Mit allen Kindern hingehen, das ging nicht, schon allein mit dem Kinderwagen wäre es eine zu große Tortur, viel zu beschwerlich gewesen, da dort ja kein offizieller Weg war. Das Gepäck wäre dann ja auch unbeaufsichtigt gewesen. Diese Möglichkeit entfiel also.

Ein Kind allein, also ohne Begleitung, konnte sie auch nicht schicken. Dazu war selbst ihr Ältester viel zu klein, zumal in dieser gefahrvollen Situation nicht machbar. Wenn sie nun allein ginge, blieben die Kinder auch allein, und sie würde auch nur ein einziges Brot für - wer weiß - wie viele Tage, Wochen erhalten.

Was sollte sie also machen?

So entschied sie sich dafür, das Wagnis einzugehen und doch selbst zu gehen, und für ein zusätzliches Brot auch den zehnjährigen Wolfram mitzunehmen, mit ihm gemeinsam die etwa zwei Kilometer lange Strecke, immer an den Gleisen entlang zu laufen, so wie es andere Flüchtlinge auch taten.

Schweren Herzens verabschiedete sie sich von den drei Töchtern. Sie brauchte Britta nicht erst zu sagen, zu erklären, dass sie auf Lilli und auf mich achtgeben soll. Das versprach das Mädchen von allein, ohne dass es darum gebeten werden musste.

Unsere Mutter sagte, sie würde sich sehr beeilen, um bald wieder mit Wolfram und - mit viel Glück - mit Brot zurück zu sein. Auf keinen Fall sollten wir hier diesen Ort, der in unserer Lage und in diesem Moment wohl noch am sichersten zu sein schien, verlassen.

Zwei junge Frauen, die in dem Waggon in unserer Nähe saßen und Muttis Zögern mitbekamen und mit denen wir Kinder schon mehrmals ein paar Worte gewechselt hatten, beruhigten unsere Mutter damit, ein Auge auf uns zu werfen; sie könne unbesorgt sein und losgehen.

Ob sich Mutti dadurch wirklich beruhigen ließ? Ich denke nicht, aber was blieb ihr anderes übrig, was sollte sie sonst machen?

Kapitel 6

Jedenfalls waren wir nun nur noch zu dritt: Britta, Baby Lilli und ich. Die Aussicht, bald wieder in einen Kanten Brot beißen zu können, nahm uns erstmal die Sorge, in dieser fremden und unwirtlichen Umgebung ohne den Bruder und die Mutter zurückzubleiben.

Ich hatte ja noch Britta, an die ich mich schmiegen konnte und von der ich mich beschützt fühlte. Sie war ja schon ein großes Mädchen, meine große Schwester, immerhin sechs Jahre älter als ich.

Aber wie mag es in der zierlich wirkenden Britta ausgesehen haben?

Britta war immer schon ein bedauernswertes Kind, das in den vergangenen Jahren mehrmals so schwer erkrankt war, dass sie mehrmals ins Krankenhaus eingeliefert werden musste. Ich hatte mich zwar bei ihr oftmals angesteckt, aber ich war lediglich immer nur leicht erkrankt und schnell wieder gesund.

Schlimm waren für Britta auch die vielen Mittelohrentzündungen, so dass sie auch noch ein Aufstemmen hinter beiden Ohren über sich ergehen lassen musste. Ich wusste zwar nicht, was das bedeutet, stellte mir das aber immer sehr gefährlich vor.

Arme, arme Britta! Sie hatte schon viel in ihrem jungen Leben erdulden müssen, und es wird sich zeigen, die Zukunft bringt ihr leider, leider überhaupt nichts Gutes. Sie hat nicht einmal eine Zukunft.

Wir saßen nun also abwartend im schummrigen und fast geschlossenen Wagen auf unserem unbequemen Platz und schlummerten so vor uns hin.

Obwohl es schon lange draußen hell war, konnten wir in unserer Umgebung kaum etwas erkennen. Es war in diesem Teil des Waggons einfach zu dunkel. Wir waren an diesem Ort aber schon so viele Tage und Nächte, dass wir uns selbst in der Dunkelheit zurechtfanden. Wir wussten genau, wohin wir die Hände ausstrecken mussten, um den Kinderwagen mit dem Baby zu berühren.

Lilli hatte es gut. Sie lag schön warm und kuschlig im Wagen eingepackt und war ganz ruhig, wahrscheinlich schlief sie. Manchmal brabbelte sie auch vor sich her. Daneben standen die Koffer und die Tasche. Daraus hatte Mutti in den letzten Wochen wichtige Dinge ausgepackt und anderes wieder darin verstaut. Nun hatten wir die Aufgabe, auch hierauf aufzupassen, es durfte ja nichts wegkommen.

Schade, Wolfram war nicht hier, um mit uns zusammen auf das Gepäck, aber auch auf uns drei Mädchen achtzugeben. Das machte er immer so gut, wenn wir zusammen mit anderen Kindern draußen spielten. Als großer Bruder gab er mir von jeher das Gefühl von

28

Sicherheit. Mit ihm hatte ich zu Hause auch immer viel Spaß. Er tobte mit mir vor und hinter dem Wohnhaus herum. Oft nahm er mich auf die Schultern und - huckepack - ging es quer über den Kasernenhof, der gleich neben unserem Wohnhaus lag. Dort liefen viele Männer in Uniformen und in Stiefeln umher, und manchmal trafen wir dort auch unseren Vati.

Einmal war es für uns sehr lustig, als wir uns sputen und an die Seite springen mussten, weil da mehrere Pferde herangaloppierten.

Aber an Wolframs Seite konnte mir schon nichts passieren. Ich bewunderte ihn, auch schon allein deswegen, weil er mein großer Bruder war und mir auch meist - bestimmt mit einem Augenzwinkern - bei kleinen Reibereien mit Britta beistand. Ich revanchierte mich selbstverständlich auch dafür. So fühlte ich mich natürlich verpflichtet, ihn nicht bei unseren Eltern zu verpetzen, wenn er wieder einmal verbotenerweise mit der Taschenlampe unter der Bettdecke in seinen Büchern schmökerte.

Mit diesen und ähnlichen Träumen von vergangenen Erlebnissen harrten wir nun der unbekannten Dinge, die da auf uns zukommen sollten. Diese kamen auch, aber anders als gedacht. Damit hatte keiner gerechnet, das konnte auch keiner voraussehen.

Kapitel 7

Was passierte da eben gerade um uns herum? Was war da draußen für ein fürchterlicher Lärm?

Britta und ich zuckten ganz erschrocken zusammen, als sich mit lauter Bravour die Schiebetür des Güterwagens auftat, so dass das volle Tageslicht in das Wageninnere fiel. Dann wurde erst das obere Ende einer Leiter sichtbar, die von außen herangestellt wurde, dann der Kopf und anschließend der Oberkörper eines Soldaten.

Leiter, Kopf, Soldat. – Leiter, Kopf, Soldat.

Diese Szene habe ich seitdem immer vor Augen. Sie ist neben einigen anderen ganz tief in meinem Gedächtnis abgespeichert, und ich kann sie jederzeit abrufen.

Der Soldat sah mit seiner Uniform so anders aus als die Soldaten, die ich bisher auf dem Kasernenhof gesehen hatte. Mir fiel besonders sein Käppi auf, eine kleine längliche Uniformmütze, die schief auf seinem Kopf saß.

Ja, Papas Uniform und seine unterschiedlichen Kopfbedeckungen waren mir bestens bekannt. Doch dieser Soldat, der nun ins Wageninnere blickte und uns etwas zurief, war eben anders. Dazu kam, dass er nun auch noch - zumindest für mich - so komisch sprach, auf uns einredete. Was sagte er da? Hatte ich das richtig verstanden?

„Alle aussteigen! Nach Hause gehen!"

Britta blieb sitzen, ich natürlich auch. Was wollte dieser fremde Soldat von uns? Wir saßen wie versteinert da, wagten nicht, uns zu rühren. Da wiederholte der Soldat seine Aufforderung. In die Menschen, die sich noch mit uns im Güterwagen aufhielten, kam Bewegung. Diese Flüchtlinge wussten anscheinend, wie die Aufforderung gemeint war, was sie bedeutete und was sie tun sollten. Wir aber nicht. Bestimmt galt das Gesagte nur für die anderen und nicht für uns.

Da kamen die Frauen, die Mutti versprochen hatten, auf uns ein Auge zu werfen. Sie sagten:

„Steigt aus! Ihr könnt hier nicht bleiben und auf eure Mutter warten! Lasst das Gepäck stehen! Nehmt aber den Kinderwagen mit! Beeilt euch!"

Dann waren sie verschwunden.

Britta und ich erhoben uns, sahen ratlos zu unserem Gepäck, als würden wir Abschied von ihm nehmen, schoben den Wagen mit Lilli auf die große Öffnung, auf die Schiebetür zu, bis zur Leiter hin. Da wurde der Wagen mit unserem Schwesterchen auch schon gepackt, und flinke Soldatenarme hievten ihn die steile Leiter hinab. Nun kamen wir dran; auch uns half der fremdartige Mann, die lange Leiter herunterzuklettern. Unten angekommen, griffen wir sofort nach dem

Kinderwagen. Das Gepäck hatten wir im Stich gelassen, aber den Wagen mit unserer kleinen Lilli hielten wir ganz fest.

Aber was nun? Unschlüssig blieben wir erst einmal dort stehen, wo wir gerade standen und wussten nicht weiter. Da hörten wir auch schon erneut die Aufforderung:

„Nach Hause gehen! Los! Dawai!"

Das galt uns. Aber wir sollten doch auf Mutti und Wolfram warten! Wir durften doch hier nicht weggehen. Wie sollten sie uns denn wiederfinden?

In der Hoffnung, dass sie gleich neben uns auftauchen würden, gingen wir zögernd in Richtung Zugende und entfernten uns immer weiter von diesem Ort. Oft blieben wir auch stehen und sahen uns suchend um, gingen dann eine kleine Wegstrecke hin und eine kleine Wegstrecke her. Wir hielten uns jedoch immer an den Bahngleisen auf. Hier war es am wahrscheinlichsten, auf Mutti zu treffen.

Für Britta war es gar nicht so einfach, den Kinderwagen über schneeverkrusteten Boden zu schieben. Es kostete sie eine ungeheure Kraftanstrengung. Dennoch kamen wir vorwärts. Oder gingen wir etwa zurück? Das war einerlei.

Den Zug hatten wir schon längst hinter uns gelassen. Nun war nur noch ein weißes großes Feld zu sehen. Ein kalter Wind blies uns ins Gesicht. Uns war so kalt.

Wir froren. Ich hatte leider in dem Gewühle auch noch meinen linken Handschuh verloren. So steckte ich die Hand in die Manteltasche, um sie ein wenig zu wärmen. Mit der rechten Hand hielt ich mich am Kinderwagen fest, den ich nicht losließ.

Von den anderen Zuginsassen war inzwischen auch nichts mehr zu sehen. Wahrscheinlich waren sie in der Gegenrichtung verschwunden.

Da gingen wir, die drei Kinder, durch die Schneelandschaft. Dass wir uns nun mitten, aber wirklich mitten in einem Kampfgebiet befanden, war uns nicht bewusst, obwohl die kalte Winterluft um uns herum von dem Kriegslärm vibrierte.

Was war für uns Kinder schlimmer? Kälte, Hunger, die Flugzeuge über und hinter uns, die lauten Schüsse, die von allen Seiten zu hören waren, der unbekannte Weg? In diesem Moment gab es sogar noch etwas Schlimmeres. Es gab nur eine Antwort: Mama. Wir waren so allein und dachten fortwährend an unsere Mama. Sie fehlte uns, aber sie war weder zu sehen noch zu hören. Sie kam nicht. Mama, wo bist du?

Kapitel 8

Es war noch früher Morgen, als Mutti mit Wolfram aufgebrochen war. Sie hatte lange mit sich gehadert, ob sie diese zwei Kilometer nach Kolberg gehen sollten. Nicht der Fußmarsch über schneeverwehte Wege und Stege, nicht die Winterkälte und nicht die Kampfhandlungen der aufeinandertreffenden Frontlinien waren der Grund dafür, dass sie lange überlegte, ob sie diese Aktion wagen sollte. Es waren die drei Kinder, die sie allein lassen musste. Wenn sie es aber nicht versuchen würde, etwas Essbares herbeizuschaffen, dann würde sie sich bestimmt Vorwürfe machen, eine echte Chance, vielleicht eine einmalige Chance, verpasst zu haben.

Oh ja, sie wusste, sie geht ein Risiko ein, aber der Hunger der Kinder ließ ihr keine Wahl.

So ging sie mit Wolfram wie Hunderte, ja, vielleicht sogar Tausende andere Flüchtlinge aus diesem Zug in Richtung Kolberg. Mit Erstaunen stellten sie fest, dass unser Zug nicht der einzige Zug hier war. Viele, viele Züge aus allen Richtungen stauten sich auf den Gleisen. Sie gingen an allen vorbei. Die scharfe Winterkälte spürten sie kaum auf ihrem Fußmarsch in den circa zwei Kilometer entfernten Ort. Dort stellten sie sich mit den anderen Flüchtlingen und zusammen mit den Einheimischen in den sehr langen Schlangen beim Bäcker an. Langsam, sehr langsam ging es vorwärts.

Mitten in der Menschenmasse empfanden sie die Kälte gar nicht mehr so. Der eisige Wind konnte ihnen hier nicht so viel anhaben. Trotzdem waren Hände, Füße, der gesamte Körper klamm, und Wolfram, der zehnjährige Junge, musste zudem auch noch viele Rippenstöße von rücksichtslosen Menschen einstecken, die sich rabiat immer wieder bei ihm vordrängeln wollten.

Nach stundenlangem Ausharren verbreitete sich dann in Windeseile die Kunde:

Brot ausverkauft! Mehr gibt es heute nicht!

Das war eine Enttäuschung! Was nun? Die vielen Leute überlegten nicht lange und stoben auseinander. Mutti nahm Wolfram an die Hand und ließ sich mit dem Strom mitreißen. Auf ging´s zum nächsten Bäcker. Wieder anstellen, wieder lange Warteschlangen, wieder Knüffe und Püffe in die Rippen, wieder war das Brot bald ausverkauft. Sie hatten einfach Pech! Also machten sie sich wieder auf zum nächsten Bäcker.

Gegen 14.00 Uhr hatten sie endlich nach mehreren Versuchen das langersehnte Mehlprodukt erstanden: Wolfram eins und Mutti eins. Welche Freude!

In dem Moment waren sie beide richtig froh. Brot! Nach mehreren Wochen endlich wieder Brot!

Nun hieß es für die beiden: schnell zurück zu den drei Mädchen, die sicherlich schon ganz ungeduldig auf ihre Rückkehr warteten.

Wie mag es den Kindern inzwischen ergangen sein? War alles gut gegangen?

Irgendwie hatte Mutti ein ganz eigenartiges, ein sehr beklemmendes Gefühl, das sie eigentlich schon den ganzen Vormittag verspürte und das sich aber zusehends verstärkte. Plötzlich wuchsen ihre Sorgen. Sie war sehr beunruhigt. Warum nur? Bald, ja bald sollte sie erfahren, dass ihre innere Eingebung nicht falsch war.

Mit den sicher in Muttis Handtasche und in Wolframs Schultornister verstauten Brotlaiben erreichten sie bald die Stadtgrenze.

Sie beeilten sich sehr, schnell voranzukommen. Das war in den Straßen der Stadt noch recht gut möglich. Sie wussten aber auch, außerhalb des Ortes war das schnelle Voranschreiten nicht ganz so einfach, denn sie mussten stellenweise durch Schnee, der neben ihnen meterhoch aufgetürmt war, und eisigen Ostwind ankämpfen. Als es dann auch noch zu schneien begann, war es ein richtiger Schneesturm, der ihnen eine schlechte Sicht bescherte. Sie hatten Mühe, die richtige Richtung einzuschlagen und zu halten, denn unter den vielen Zügen, die unendlich lang hintereinander aufgereiht waren, musste nun auch der herausgefunden werden, in dem die Kinder warteten.

Die Schneeflocken tanzten vor ihren Gesichtern und sie sahen nicht, was da vor ihnen war. Sie sahen auch die russischen Soldaten nicht, auf die sie fast blindlings losmarschierten.

Diese hatten in der Zwischenzeit sämtliche Wege und Straßen, ja, sämtliche Zugänge zu den Zügen völlig abgesperrt.

Erst durch ein unfreundliches und lautes im gebrochenen Deutsch „Halt! Zurück!" wurden Mutti und Wolfram auf die sie gerichteten Gewehre aufmerksam. Sie standen dem Gegner, dem Feind der Deutschen, Auge um Auge gegenüber.

Aber zurück? Nein, das ging nicht. Das war für Mutti natürlich ausgeschlossen. Sie beide mussten vorwärts, nicht zurück. Egal wie, aber vorwärts zu den Kindern.

Trotz bitterer Kälte, trotz Eis und Schnee, trotz vor Hunger und Kälte geschwächtem Körper versuchten sie nun, mit dem teuer erstandenen Brot kriechend an den Soldaten vorbeizukommen, heimlich ihren Weg fortzusetzen. Aber das war nicht möglich, denn die russischen Soldaten waren wachsam und gaben gleich mehrere Schüsse auf sie ab. Sie wurden zwar nicht von den Kugeln getroffen, wahrscheinlich sollte es auch nur eine Warnung sein. Allerdings blieben die Kugeln genau vor ihren Füßen im Schnee stecken.

Wieder der Befehl: „Zurück!"

Der Rückweg zu den Kindern war abgeschnitten. Es gab keine Chance, zu dem Zug, in dem die Mädchen auf sie warteten, zu gelangen. So viel Mutti auch bettelte und bat, durchgelassen zu werden, es führte zu nichts.

Was mag da alles durch Muttis Kopf gegangen sein? Das ist einfach unvorstellbar.

Sie versuchte, dem am nächsten stehenden Soldaten der Roten Armee ihre Notlage zu erklären. Wahrscheinlich verstand er ein wenig die deutsche Sprache, zumindest ein paar wenige Brocken, denn er gab nun zu erkennen, dass die Züge alle geräumt seien und dieses Gebiet zur Kampfzone erklärt wurde. Keiner dürfe da mehr hinein, ohne Gefahr zu laufen, in einen Kugelhagel zu kommen. Die Menschen aus den Zügen seien alle, - ja, alle - zum Hafen gewiesen worden, um dann mit den dort bereitstehenden Schiffen weggebracht zu werden. Dahin solle sie, „du, deutsche Frau", auch gehen, denn hier sei keiner mehr.

Was blieb Mutti nun übrig? Hatte sie denn eine Wahl? Sie war jetzt zwar im Besitz von Brot, aber der Preis für dieses war sehr, sehr hoch: Die Mädchen waren für sie unerreichbar geworden, waren für sie weg und es führte kein Weg zu ihnen. Kinder gegen Brot!

So begab sich Mutti schweren Herzens mit ihrem Sohn zum Hafen und stellte sich vor, dass sie hier vielleicht auch auf ihre Kinder trifft. Das war allerdings nur eine Illusion, die sich leider nicht erfüllte.

Kapitel 9

Von der Schiffsüberfahrt, mit der sich Mutti von uns Kindern immer weiter entfernte, weiß ich nichts zu berichten, nur so viel, dass es ein harter Kampf war, an Bord zu gelangen und sie besorgt war, die Überfahrt nicht heil zu überstehen.

Auch wenn sie es mit Wolfram auf ein Transportschiff geschafft hatte, war sie noch lange nicht in Sicherheit, denn auf dem Weg über das Meer wurden die Schiffe, auch die Flüchtlingsschiffe, laufend beschossen, ohne Pausen torpediert. Dennoch, sie beide gehörten zu den insgesamt 70.000 Menschen, die im Laufe von etwa zwei Wochen im März 1945 auf dem Seeweg aus Kolberg evakuiert wurden.

Kapitel 10

Britta und ich fühlten uns bei unserer Winterwanderung entlang der Bahnschienen sehr einsam. Bestimmt sahen wir nicht die Gefahren, die hier überall auf uns lauerten. Wir versuchten uns jedoch vorzustellen, wie es wohl sei, wenn wir plötzlich Mutti entdeckten, sie endlich wieder bei uns wäre.

Aber nicht Mutti bewegte sich auf uns zu, sondern eine fremde Frau war plötzlich da. Sie hatte sich ein dunkles, großes Umschlagtuch um die Schultern gelegt und auch zum Teil ihren Kopf damit bedeckt, so dass nicht viel von ihrem Gesicht und ihrem Körper zu erkennen war. Sie muss uns schon eine ganze Weile beobachtet haben und schlussfolgerte richtig, dass wir auf irgendetwas warteten. Die Frau sprach uns an und fragte nach unserem Woher und Wohin. Bestimmt waren wir froh, dass sich überhaupt jemand mit uns befasste. Nach unserer Antwort unterbreitete sie uns den Vorschlag, in ihrem Haus, das dort drüben stehe, auf Mutti zu warten, die bestimmt bald kommen würde. Natürlich gingen wir mit ihr mit.

Was dann folgte, hat sich mir tief im Gedächtnis eingeprägt, und in schlaflosen Nächten erlebe ich diese Minuten immer wieder:

Kapitel 11

Wir betraten in einem Bauernhaus einen kleinen langgesteckten Flur, in dem rechts an der Wand an den Kleiderhaken mehrere Jacken und Mäntel hingen, darunter standen viele Schuhe und Gummistiefel.

An der linken Flurseite befand sich eine offenstehende Tür, die in eine Küche führte. Beim Vorbeigehen fielen mir darin zwei Mädchen auf, die fast gleich aussahen. Waren es Zwillinge? Sie wirkten größer und älter als meine Schwester Britta, sahen so sauber aus und hübsch in ihren hellen Kleidern mit der Schürze, die sie umgebunden hatten. Sie wirkten richtig vornehm. Am auffälligsten an ihnen war jedoch jeweils eine große Schleife in den Haaren, die so aussahen als seien Propeller auf ihren Köpfen gelandet.

Ich glaube sogar, sie hießen Inge und Ingrid, denn so wurden sie meines Erachtens von der Frau, die wohl ihre Mutter war, angesprochen.

Wir gingen aber den schmalen Flur weiter, an dessen Ende eine Tür zum Wohnzimmer führte. Dorthin wurden wir geleitet, und ich stellte fest, es war ein kleiner Raum, viel kleiner als unser Wohnzimmer in Deutsch-Eylau. An der rechten Seite befand sich ein Fenster, dem gegenüber stand ein Sofa, und davor war ein Tisch mit Stühlen. Der Tür gegenüber sah ich eine Vitrine.

Die Frau schob den Kinderwagen vor das Fenster und wir durften auf ihrem Sofa Platz nehmen. Britta setzte sich zuerst hin, rutschte bis zur Ecke durch, und ich setzte mich daneben. Dann verließ die Frau den Raum mit dem Hinweis, unsere Mäntel nicht auszuziehen, da es kalt und nicht geheizt sei und sie jetzt erstmal in der Küche eine Kleinigkeit für uns zu essen zubereiten würde. Kurz darauf trug eins der Zwillingsmädchen mit der hübschen Schleife im Haar ein Tablett ins Wohnzimmer, darauf ein Glas mit leuchtend roten eingeweckten Kirschen und dazu zwei kleine Glasschälchen mit Löffeln. Als sie dann auch noch die Kirschen in die Schüsselchen füllte und uns zum Essen einlud, sagte sie, ihre Mutter macht für unsere kleine Schwester ein Fläschchen fertig, und sie würde es dann gleich bringen.

Aber das war auch die letzte Begegnung mit unseren freundlichen Gastgebern hier in Bullenwinkel, wie das ehemalige Dorf mit seinen 25 Familien einst hieß. Wir sahen und hörten keinen von ihnen wieder, weder die Frau noch die Mädchen.

Wir wollten gerade mit dem Essen beginnen, als sich unsere Lilli ungnädig meldete. Sie hatte schon die ganze Zeit vor sich hin geweint, aber nun wurde ihr Weinen unerträglich. Wir wussten aus Erfahrung, sobald würde sie damit nicht aufhören, wenn wir nicht nachhelfen. Ich saß zum Aufstehen günstiger als Britta auf dem Sofa und sagte zu ihr, dass sie sitzenbleiben und essen solle, während ich dann den Kinderwagen hin und her schuckeln wollte, wie ich das von zu Hause kannte, um die Kleine zu beruhigen.

Ja, so machten wir das, und weil der Kinderwagen bewegt wurde, verstummte Lilli. Dann wechselten wir die Plätze. Nun beschäftigte sich Britta mit Lilli, um sie zu besänftigen. Ich saß nun auf dem Sofa, hatte einen Löffel in der Hand, und vor mir war das Schälchen mit den Kirschen. Ich weiß nicht, ob ich schon eine Kirsche im Mund hatte, ob ich schon diese Frucht auf der Zunge schmeckte, als es einen Riesenknall gab und um uns herum etwas ganz Schreckliches geschah. Dieses Haus, das uns seit wenigen Minuten Geborgenheit gab, fiel mit einem gewaltigen Lärm in sich zusammen. Unglücklicherweise stand es mitten in der Schusslinie, an der die feindlichen Fronten aufeinanderstießen und die Artilleriegefechte ausgetragen wurden.

Was da genau passierte, auch was da gerade passiert war, das erfasste ich jedoch nicht, war mir gar nicht bewusst. Schutt, Asche und Trümmerteile waren auf mich herabgeprasselt. Ich war unter dem einstigen Haus verschüttet und mit mir wohl alle meine Sinne, meine Fähigkeit zu denken und wahrzunehmen.

Überhaupt war es so, dass ich von diesem Moment an nicht mehr alles einordnen kann, als ob ich eine Bewusstseinstrübung erlebte, als ob ich einen Film sehe, der viele Lücken hat, eben ein Film mit ständigen Filmrissen. Einige Momente sehe ich klar vor mir und erlebe sie im Dämmerzustand immer wieder, andere fehlen mir gänzlich. Ich bekomme sie nicht zusammen, so sehr ich es auch versuche. Dann ist immer nur Dunkelheit in meiner Erinnerung, ein zeitloser Raum; anders gesagt, diese Zeit gibt und gab es nur bruchstückhaft oder gar nicht für mich.

Ich kann nicht sagen, wie lange dieser Zustand andauerte. Als ich die Augen aufschlug, fühlte ich, dass ich mich nicht bewegen, nicht einmal den Kopf drehen konnte. Auf mir lagen Trümmer, die mich vollständig begruben. Schwere Balken auf meinem gesamten Körper, auf Beinen und Armen ließen nicht einmal zu, dass ich die Hand ausstrecken konnte. Ich wollte so gern Britta berühren, die ich schemenhaft durch die Trümmer und Rauchschwaden sah. Ein Arm von ihr war gar nicht so weit von mir entfernt, aber es gelang mir nicht, sie anzufassen. Das Atmen fiel mir schwer, und es roch so brenzlig.

In dem Augenblick war es mir aber dennoch ein Trost, etwas Beruhigendes, inmitten von Schutt und Asche etwas Vertrautes zu sehen, meine Schwester Britta.

Ob ich mitbekam, dass wir - welch ein Wunder - noch lebten? Bestimmt nicht, solche Gedanken machte ich mir wahrscheinlich nicht.

Was mir ewig ein Rätsel bleiben wird, ist die Tatsache, dass ich bis heute keinen blassen Schimmer habe und es auch nie erfahren werde, ob es Minuten, Stunden oder Tage waren, die so vergingen.

Ich lag jedenfalls eingeklemmt zwischen den Trümmerteilen, konnte mich nicht rühren und verspürte absolut nichts. Meist war ich wohl ohnmächtig, nahm die Umgebung überhaupt nicht mehr wahr. Schlug ich gelegentlich wieder die Augen auf, und kam zu mir, hatte sich um mich herum nichts verändert.

Zeit kann ja so unendlich sein, aber mit meinem laufenden Eintauchen in die Bewusstlosigkeit merkte ich nicht viel davon. Ein Filmriss an dieser Stelle raubt mir meine Erinnerungen an die nächste Zeit. Waren es Minuten oder auch größere Zeiteinheiten?

Filmriss

Kapitel 12

Irgendwann sehe ich mich, wie ich auf einem Kopfkissen, das in rotem Inlett steckt, inmitten einer Ruine, umgeben von rauchenden Trümmern und Geröll, neben Teilen, die einmal ein Haus waren, im Freien sitze und ein Soldat gerade in einem Loch, durch das er Zugang ins Innere dieses Trümmerhaufens hat, verschwindet.

Filmriss

Wir haben das Haus, das als solches nicht mehr existiert, hinter uns gelassen. Wir – das sind zwei Soldaten, Britta und ich. Während Britta uns vorangeht, werde ich von einem der Soldaten getragen. Nein, Britta geht nicht voran, sie humpelt mehr recht als schlecht und stützt sich dabei auf einen Stock, den sie mit einer Hand fest umklammert hält. Sie quält sich sehr.

Ich verstehe die beiden Soldaten nicht, wenn sie miteinander sprechen. Sie reden so komisch. Die Wörter kenne ich nicht.

Filmriss

Britta und ich liegen nebeneinander in einer Scheune, ganz hinten in der Ecke. Unter mir fühle ich Stroh. An der gegenüberliegenden Wand, also in meiner Blickrichtung, flattern Hühner hin und her, durch kleine Fenster hindurch, deren Glasscheiben kaputt sind. Britta weint. Ich weiß, sie weint wegen der Hühner. Sie hat Angst vor Hühnern, und ich kann nichts machen.

Filmriss

Ich schlage die Augen auf. Langsam begreife ich, wir sind nicht mehr in der Scheune - sondern in einem anderen Raum. Wir liegen auf einer Pritsche. Neben mir fühle ich Britta. Wir liegen eng beieinander. Wir wärmen uns gegenseitig. Vielleicht trösten wir uns einander auch durch die spürbare Nähe. Ich bin froh, dass Britta da ist, gleich neben mir.

Dann rutsche ich wieder in die Dunkelheit.

Filmriss

Das nächste Mal, als ich wach wurde, standen zwei Frauen, eine ältere und eine junge, neben uns. Sie unterhalten sich mit Britta. Es waren Mutter und Tochter, wie ich später erfuhr. Die ältere Frau sollten wir „Oma Minna" nennen, deren Tochter „Tante Jette".

Das alles interessierte mich in dem Augenblick jedoch gar nicht. Ich war im Unterbewusstsein nur glücklich, meine Schwester neben mir zu wissen, ihre Anwesenheit zu spüren.

Wieder ein Filmriss

Tante Jette und Oma Minna sind immer noch da, also nicht gleich wieder von der Bildfläche verschwunden wie an den vergangenen Tage all die Personen, die zunächst bei oder mit uns, dann aber weg waren. Sie reden mit uns und geben uns etwas zu trinken.

Langsam gewöhne ich mich an sie.

Kapitel 13

In der Folgezeit bekam ich dann einiges über sie mit.

Sie waren ebenso wie wir auf der Flucht aus Ostpreußen. Auch sie hatten ihre Heimat verlassen müssen und waren gerade in jenem Dorf bei Kolberg, in Altram, provisorisch untergebracht, und zwar in einem kleinen Bauernhaus, in dem wir uns zurzeit befanden. Ob die eigentlichen Bewohner dieses Hauses geflohen waren, oder ob sie sich auch noch hier aufhielten, weiß ich nicht zu sagen, war für mich nicht wichtig. Für mich zählten jetzt nur Tante Jette und Oma Minna. Natürlich nach Britta.

Mit dem grauen Haar, das im Nacken zu einem Knoten festgesteckt war und dem Bauernkleid mit einer vorgebundenen Schürze sah Oma Minna wirklich wie eine Oma aus, wie eine alte Oma, die wenig sagte und traurig dreinblickte. Immer wieder stand sie an unserem Lager und strich uns zärtlich über die Köpfe oder drückte uns die Hände.

Tante Jette war anders. Sie lächelte uns stets freundlich und strahlend entgegen. Ja, dieses Lächeln, das war es, wodurch ich mich auch sogleich zu ihr hingezogen fühlte. Sie war außerdem sehr jung und hübsch. Mir fielen auch die blonden Haare auf. Diese junge Frau mit den blauen Augen mochte ich und fand sie sofort sympathisch und vertrauenserweckend.

Was ich nicht wusste, Tante Jette war eigentlich noch ein junges Mädchen, erst neunzehn Jahre alt, aber schon eine Ehefrau. Ihr Mann war auch Soldat in diesem Krieg. Wo er sich momentan aufhielt, ob er noch lebte, war ihr nicht bekannt.

Trotz ihrer Jugend übernahm es Tante Jette, für Britta und für mich mit Elan zu sorgen und uns zu pflegen. Obwohl sie selbst in Not war und kein Zuhause mehr hatte, ließ sie es sich nicht nehmen, sich für uns verantwortlich zu fühlen. Auch Oma Minna musste sich hierbei ihr, der Tochter, unterordnen. Tante Jette kümmerte sich um uns und erledigte diese Aufgabe sehr gewissenhaft, auch wenn es anfangs nur aus Angst vor tödlicher Bestrafung geschehen sein mag, die ihr angedroht wurde, falls sie uns nicht zu sich nimmt und uns umsorgt. Das hatten die beiden Soldaten, es waren höchstwahrscheinlich die jungen Männer, die uns unter den Trümmerteilen hervorgezogen und zur Scheune gebracht hatten, ihr unmissverständlich gesagt. Diese Episode erfuhr ich auch viel später von Tante Jette. Sie erzählte:

Eines Tages im März 1945 (das war also der Tag, an dem wir in ihr Leben traten), sie war mit ihrer Mutter schon etliche Tage von Elbing, ihrem Zuhause, weg und in diesem Dorf mit dem Namen Altram zeitweilig untergebracht, da standen plötzlich zwei Sowjetsoldaten auf dem Bauernhof. Das war nichts Neues und passierte öfter einmal – gerade den Mädchen und jungen Frauen, dass die russischen Männer sie aufforderten, mit ihnen mitzukommen. So war es auch an jenem Tag. Die beiden russischen Soldaten traten auf Tante Jette zu und sagten: „Frau, komm!" Tante Jette, die sich aus eigener und anderer Frauen Erfahrung vorstellen konnte, was das bedeutete, weigerte sich, mit den beiden mitzugehen. Sie sprachen ihre Forderung nochmal, jedoch diesmal klang es schon ziemlich ungehalten: „Du, Frau, komm!" Tante Jette schüttelte auch jetzt widerwillig, aber mutig den Kopf.

Oma Minna, die diese Szene beobachtet hatte, war um die Tochter sehr besorgt. Allzu oft hatte sie schon miterlebt, dass Frauen und Mädchen wegen solcher Weigerung auf der Stelle durch eine Gewehrkugel ihr Leben verloren. Genau das wollte sie nun bei Jette verhindern. Darum trat Oma Minna zu ihrer Tochter und meinte mit bettelnder und schluchzender Stimme und Tränen in den Augen: „Jettchen, geh´ mit! Du machst sonst alles noch viel schlimmer."

Was sollte Jette jetzt noch dagegen tun, wenn selbst die eigene Mutter solche Missetat zwar nicht guthieß, aber sich nicht dagegen wehrte? Sie musste, ob sie wollte oder nicht, die beiden Soldaten begleiten und war erstaunt, dass sich diese unterwegs zuvorkommend, ja, höflich ihr gegenüber, verhielten. Sie legten gemeinsam einen längeren Weg zurück, vorbei an bewohnten, aber auch an zersprengten Häusern, vorbei an Gärten und einzelnen Büschen, bis zu einer Scheune am Ende des Dorfes. Drehte sich Jette auf dem ganzen Weg schon der Magen um, schlotterten ihr jetzt auch noch die Knie. Sie befürchtete Übles. Doch dann war sie überrascht, als sie zu zwei Kindern geführt wurde, vor denen sie stehenblieben. Da radebrechte der eine Soldat, nun aber mit ernster Miene und drohender Stimme:

„Du die Kinder nehmen! Oder wir dich erschießen!" Dabei tippte er mit dem Gewehrkolben an ihre Brust.

Ja, so war es, dass wir, also Britta und ich, dann ab sofort unter Tante Jettes Obhut standen. Was sie sich damit aufgeladen hatte, begriff sie erst allmählich und brachte sie so manches Mal an ihre Grenzen.

Wir waren nicht nur zwei hungrige und durstende Kinder, nein, wir waren durch den Artilleriebeschuss, der sich gerade in der Gegend abspielte, in dessen Mitte jenes Haus stand, in dem wir Unterschlupf fanden, verschüttet und mit vielen Verbrennungen am Körper stark verwundet worden.

Häppchenweise erfuhr Tante Jette von dem „Brennhaus", wie und warum wir dahin gekommen waren, und was dann geschah. Wir sprachen auch von Lilli, unserem erst wenige Monate alten Schwesterchen, das wir in dem Haus, das an allen Ecken und Kanten brannte, zurückgelassen hatten.

Mit keiner Silbe hatten wir versucht, den beiden Soldaten, die uns aus dem Trümmerfeld befreiten, klar zu machen, dass dort auch noch ein Baby ist. Oder doch?

Hatten wir doch etwas gesagt, aber die Soldaten verstanden uns nicht? Waren wir überhaupt in der Lage, in dem bewussten Moment dazu etwas zu sagen? Fragen über Fragen, die damals keiner beantwortete und heute auch keiner beantwortet.

Tante Jette hatte keine Möglichkeit, uns in diesem Punkt zu helfen. Wäre sie einfach losgegangen, wer weiß, in welche Falle sie dabei blindlings getappt wäre, und außerdem: Es gab ja nicht nur eine verfallene Brandruine in der Gegend. Wo hätte sie suchen sollen? Die Gefahren, die unterwegs auf sie gelauert hätten, waren zu groß, besonders für eine junge Frau.

Es war also niemand da, der nachforschen könnte, was inzwischen mit Lilli geschah. Wir hatten Lilli endgültig verloren und waren ab jetzt nur noch zu zweit.

Es war von keiner Seite Hilfe zu erwarten. Jeder hatte mit sich selbst zu tun; jeder hatte gerade in jenen Tagen Schlimmes erlebt und sein eigenes Päckchen zu tragen und hätte sich freiwillig niemals das Elend anderer aufbürden lassen.

Tante Jette war aber anders. Was sie für uns leistete, war beispielhaft und bleibt unvergessen.

Britta und ich, wir hatten beide neben mehreren Schnitt- und Schürfverletzungen bösartige Verwundungen am Körper davongetragen, große Brandwunden. Das lässt sich leicht nachvollziehen, denn das

Haus wurde durch Artilleriebeschuss völlig zerstört, brannte dann lichterloh, und wir lagen eingeklemmt von den ganzen Trümmern dazwischen. Davon zeugten auch unsere Verletzungen. Wir müssen wohl direkt auf und neben glühenden Trümmerteilen gelegen haben, anders waren unsere Wunden nicht zu erklären.

Britta hatte noch mehr abbekommen als ich. Es tat mir weh, als ich ihre Füße sah. Der eine Fuß sah mehr als schlimm aus. Da hingen lange Hautfetzen über rohem Fleisch. An dem Fuß sah ich nichts Heiles mehr. Das war ihre schlimmste Wunde, die ich persönlich registrierte.

Ich selbst hatte die verschiedensten Brandwunden, angefangen bei Stellen zwischen den Haaren auf dem Kopf über Brandwunden im Gesicht, hauptsächlich um ein Auge herum, an einem Schienbein, am linken Fuß – da fehlt mir nun seitdem ein Glied der kleinen Zehe, und die bösartigste Brandwunde war über dem Steißbein. Dort klaffte eine handtellergroße Wunde, die Tante Jette in der Folgezeit sehr zu schaffen machte.

Für sie war guter Rat teuer. Womit sollte sie meine Schwester und mich in dieser Zeit medizinisch versorgen? Medikamente gab es keine, und Ärzte waren auch nicht da, zu denen sie mit uns hätte gehen können. Die waren alle an der Front. Ja, was nun?

An ihre Behandlungsmethoden kann ich mich nicht erinnern. Sie erzählte mir später, sie hätte die Wunden immer mit Seifenwasser gespült und danach – das ist mir heute immer noch unverständlich – auf diese Zucker gestreut. Oma Minna soll darüber ganz entsetzt gewesen sein, jedoch Jette setzte sich durch und tat es trotzdem.

Aber so sehr sie sich auch bemühte, eine Verbesserung unseres Gesundheitszustandes zu erreichen, Britta ging es immer schlechter. Sie hatte furchtbare Schmerzen. Auch wenn sie sich tapfer zeigte und ihre Tränen unterdrückte, ich, mit der sie ja die gleiche Pritsche teilte, merkte es dennoch. Ich litt mit ihr mit, auch wenn ich selbst große Schmerzen hatte. Unsere Wunden konnten, wenn überhaupt, nicht einmal ordentlich verbunden werden, und an einen sterilen Verband war schon gar nicht zu denken.

Das Resultat war, es kam, wie es kommen musste, Brittas Gesamtzustand verschlimmerte sich immer mehr. Zwischenzeitlich beantwortete sie unter großen Schmerzen weitere Fragen von Tante Jette nach unserem Woher und Wohin.

Dann kamen die Augenblicke, an die ich mich so klar erinnere, als ob es gestern gewesen wäre. Diese Bilder lassen mich einfach nicht los und spuken durch meinen Kopf.

Kapitel 14

Wir lagen bereits seit mehreren Tagen ununterbrochen auf unserer Pritsche und sprachen sehnsuchtsvoll mit Tante Jette über unsere Mama und dass sie uns bestimmt schon sucht. Im Laufe dieser Unterhaltung verspürte Britta plötzlich großen Appetit auf ein Ei, ein gekochtes Ei.

Tante Jette brachte ihr dann nach einer Weile tatsächlich ein noch warmes weichgekochtes Hühnerei, das meiner Schwester so gut schmeckte, dass sie anschließend noch um ein weiteres Ei bat.

Woher Tante Jette die Eier nahm, weiß ich nicht. Ich weiß aber, dass sie den Raum verließ, um Brittas Wunsch nach einem zweiten Ei zu erfüllen. Als sie dann kurze Zeit später wiederkam, sogar mit einem Ei in der Hand, und zu uns an die Pritsche trat, atmete Gitta nicht mehr, sie lebte nicht mehr. Für das neunjährige Mädchen gab es keine Rettung, es hatte den ungleichen Kampf gegen die starken Verletzungen verloren.

Viel später erfuhr ich, Britta war an Wundstarrkrampf verstorben.

Das war am 21. März 1945, genau vierzehn Tage nach dem Artilleriefeuer, in das wir hineingeraten waren. Wäre doch nur ein Arzt in der Nähe gewesen, der Britta eine Tetanusspritze gegeben hätte! Vielleicht hätte sie es dann geschafft und wäre bei mir geblieben. Nun war der Platz neben mir auf der Pritsche leer. Eben noch zu zweit, jetzt war ich allein.

Das muss für mich ein furchtbarer Schlag gewesen sein. Seit dem Moment, als Britta für immer einschlief, setzte bei mir irgendetwas aus. Ich starb ein Stückchen mit ihr, wohl um sie auf ihrem Weg in die ewige Dunkelheit ein wenig zu begleiten. Ich hörte auf, das Erleben um mich herum… Wie soll ich es ausdrücken? Vielleicht so: Ich war zwar physisch anwesend, ich funktionierte auch, aber was ich erlebte, erreichte mich nicht mehr. Mein Inneres scheint blockiert gewesen zu sein.

Mit Britta war nun auch meine einzige und letzte Verbindung zu meinem einstigen Zuhause, zur Familie weg. Nun war ich ganz allein in dieser unbekannten und schrecklichen Welt.

Diese Tatsache wirkte sich wohl auf meine Psyche aus, denn mein Gehirn weigerte sich, etwas aus dem weiteren Dasein zu registrieren, zu speichern. Ich fiel in ein tiefes, dunkles Loch und habe an die nächsten eineinhalb Jahre überhaupt keine, ja, wirklich, überhaupt gar keine Erinnerungen, so, als gäbe es diese vielen Monate gar nicht.

Ich kann mir dieses heutzutage, also nach vielen Jahren, die seitdem vergangen sind, nur mit einem Schock erklären, der durch die seelische Erschütterung, durch Brittas Tod, ausgelöst oder gar vertieft wurde. Geklärt wurde das nie. Das beachtete damals, aber auch in der Folgezeit keiner. Solche banale Sache! Mit der belästigte man niemand. Selbst ich dachte stets, anstehende Tagesprobleme zu lösen ist viel wichtiger als Vergangenes vor anderen auszubreiten, um bei diesen doch nur auf Unverständnis zu stoßen und höchstens ein mitleidiges und bedauerndes Lächeln zu ernten.

Ich habe meine Verletzungen, egal ob physischer oder psychischer Natur, ebenso wie damals viele andere Leidgeprüfte nebenbei und ohne medizinische Hilfe überwunden.

Nur gut, dass Tante Jette und Oma Minna für mich da waren! Soweit es ihnen möglich war, fingen sie mich immer wieder auf und umsorgten mich, als mein Film einen Totalschaden hatte und ich in ein tiefes Loch fiel.

Filmriss

Kapitel 15

Während Britta und ich mehr oder weniger mit Erfolg ums Überleben kämpften, war Mutti mit Wolfram inzwischen in einem mecklenburgischen Hafen angelangt.

Bei der Überfahrt mit dem Schiff lernte sie eine Frau kennen, die ihr erzählte, sie wolle in eine Kleinstadt, hier ganz in der Nähe, zu Verwandten und sie hoffe, bei denen zunächst unterkommen zu können. Mutti solle sich doch mit ihrem Sohn anschließen. Dort werde man dann schon weitersehen.

Da Mutti ohnehin nicht wusste, wohin sie gehen oder sie sich wenden sollte, nahm sie den Vorschlag an.

Auf diese Weise kam sie in eine kleine mecklenburgische Kleinstadt. Sie hatte nicht vor, dort lange auszuharren oder sogar für länger zu bleiben, denn sie musste ja ihre drei Mädchen suchen. Also sollte es erst einmal ein vorübergehender Aufenthalt in dieser Kleinstadt werden. Sie brauchte einen fester Punkt, von dem aus sie agieren konnte, und sie fand ihn auch: ein kleiner Raum im Dachgeschoss eines Hauses am Rande der Stadt.

Diese Unterkunft erhielt sie aber nur mit gehässigen und bitteren Worten von den hiesigen Leuten, die in diesem Krieg nichts oder nur wenig verloren hatten, die kein Mitleid mit dem Schicksal der Flüchtlinge und Vertriebenen zeigten, kein Verständnis für unsere Mutter hatten. Nein, sie musste sich noch bitterböse Vorwürfe machen lassen, und zwar dafür, dass sie überhaupt hierher kam. Es wäre doch ihre eigene Schuld, wenn sie jetzt nichts mehr hat. Sie hätte ja nicht aus ihrer Heimat wegzulaufen brauchen. Sie sollte sich wieder nach Hause scheren. Hungerleider wolle man hier nicht haben. Hätte sie besser auf Verlorenes aufgepasst, wäre sie jetzt nicht in dieser Zwangslage!

Ja, mit solchen schmähenden Worten wurde Mutti von Leuten in dieser Stadt empfangen. Das war nicht gerade das, was sie als Aufmunterung benötigte.

Die Menschen mit solcher Einstellung hatten meist nicht viel oder gar nichts von diesem Krieg abbekommen. Sie zeigten, dass sie kein Herz hatten und sich nicht im Klaren waren, was es heißt, den Krieg hautnah zu erleben und alles zu verlieren. Wie wäre es ihnen wohl ergangen, wie hätten sie reagiert, wenn die Kampfhandlungen in diesem Krieg unmittelbar vor ihrer Haustür abgelaufen wären, wenn sie zum Spielball feindlicher Truppen geworden wären?

Dass darunter sogar auch Kriegsversehrte des Ersten Weltkrieges waren, die solche Antipathie gegen die jetzigen mittellosen Zugereisten hatten, war nicht zu begreifen.

Mutti ließ sich trotz aller Vorbehalte nicht davon beirren. Sie war froh, wie auch immer, ein Dach über den Kopf gefunden zu haben. Für Wolfram, ihr einzig verbliebenes Kind, und für sich selbst war es wichtig, endlich einmal wieder eine Privatsphäre zu haben. Sie hatten beide eine kleine Verschnaufpause bitter nötig.

Ihr neues Zuhause, von dem sie immer noch dachte, es wäre nur ein kurzzeitiger Unterschlupf, lag inmitten der Hausböden der übrigen Hauseinwohner. Durch diese Böden musste sich Mutti, hindurchschlängeln, oft auch noch durch nasse Wäsche der Nachbarn, die hier zum Trocknen hing, wollte sie in einen weiteren kleinen Raum, in eine Kammer, die ihr als Küche diente, zwar ohne Herd, aber wenigstens mit einem Anschluss für kaltes Wasser und darunter einem Ausgussbecken. Dafür gab es jedoch ein wenig frische Luft, wenn oben in der Decke eine winzige Dachluke geöffnet wurde.

Das zuerst erwähnte Zimmer, in das es auch bei schlechtem Wetter hineinregnete, hatte schräge Wände, an denen die Tapeten teilweise locker herunterhingen. Es war wenigstens glücklicherweise mit einigen abgewohnten Sachen möbliert, die mehr oder weniger noch ihren Zweck erfüllten. Wahrscheinlich diente dieser Raum vormals als Kammer für Hausangestellte.

Für Mutti war es hier vorerst dennoch eine annehmbare Bleibe, um ein wenig zur Ruhe zu kommen und Kräfte zu sammeln und mit Wolfram, der ihr in all der Zeit schon eine große moralische Stütze war, die nächsten Schritte durchzugehen. Nein, festsetzen wollte sie sich hier nicht.

So war es für sie völlig uninteressant, als eines Tages in der benachbarten Jugendherberge eine einmalige Spendenaktion stattfand, bei der Dinge des täglichen Gebrauchs an Bedürftige ausgegeben wurden, die von mitleidsvollen Bürgern der Stadt, ja, die gab es auch, stammten. Wozu sollte sie sich dort etwas besorgen, wie beispielsweise Tassen, Töpfe, Löffel, Federbetten oder Ähnliches, wenn sie sowieso vorhatte, weiterzuziehen? Nur nicht hier festsetzen! Sie musste suchen: Ehemann, Mutter und Schwester und vor allen Dingen die drei Kinder.

Aber wie und wo?

Kapitel 16

Ihr Leben entwickelte sich aber wieder einmal in völlig anderen Bahnen weiter.

Im Gegensatz zu den vergangenen zwölf Ehejahren, in denen sie ihrem Mann widerspruchslos in allem folgte, wie es eben der Zeit entsprach, nahm Mutti nun mit ungeheurer Willensstärke das Leben in die eigenen Hände. Es war ihr ein großer Trost, dass sie wenigstens noch ihren zehnjährigen Sohn von der ehemals sechsköpfigen Familie bei sich hatte. Sein Dasein gab ihr Kraft und Mut. Für ihn musste sie pflicht- und auch verantwortungsbewusst handeln und vor allem Struktur in den Ablauf der weiteren Tage bringen.

Da es selbst am Kriegsende nicht üblich war, dass von amtlichen Stellen lebenswichtige Almosen vergeben wurden, schon gar kein Geld, so musste sie alles, alles, alles neu erwerben, angefangen vom Strumpf, vom Hemd, über Brot, Mehl und Zucker, über sämtlichen Hausrat. Es war für sie klar, sie muss sich regen und bewegen, wenn sie beide das Leben neu beginnen wollten. So suchte sie sich für den Lebensunterhalt eine Arbeit, um Geld zu verdienen, und sie fand auch eine Arbeitsstelle.

Mit der Zeit brachte sie ihre Unterkunft in einen wohnlichen Zustand, und sie organisierte einen geregelten Tagesablauf, wenn unter diesen Bedingungen von „geregelt" gesprochen werden kann.

Im Nachhinein kann ich nur immer wieder sagen, dass ich meine Mutter bewundere. Wie hat sie das alles nur geschafft, mit *NICHTS* ein neues Leben aufzubauen. Sie war, als sie in dieser Stadt ankam, völlig mittellos, hatte absolut nichts, lediglich das, was sie und Wolfram nach der langen Irrfahrt noch am Körper trugen, dazu eine kleine Handtasche und Wolframs Schultornister, in dem nichts drin war. Das Brot, das er vor etlichen Tagen in Kolberg dort hineingesteckt hatte und im Zug mit den Geschwistern teilen wollte, war unterwegs mithilfe fremder Leute längst aufgegessen.

Ja, die beiden fingen völlig bei null an. Tagsüber waren die Stunden mit den täglichen Dingen zum Erhalt des Lebens ausgefüllt, aber die Nächte! Die waren grausam, denn die Sorgen, die Ängste um die drei Töchter ließen Mutti nicht schlafen. Es waren ja nicht nur die Kinder, die sie schmerzlich vermisste. Auch ihr Ehemann, der Vater der Kinder, fehlte ihr. Sie hätte schon gern gewusst, ob er überhaupt noch lebte? Wenn ja, wo?

Die gleiche Frage tauchte auf, wenn sie an ihre Mutter und ihre einzige Schwester dachte, die beide in Königsberg wohnten. Haben sie das Kriegsende überlebt?

Wer sagte ihr, wo sie suchen sollte? Wer war da, um zu helfen, zu unterstützen? Wo waren Personenopfer und Vermisste des Krieges registriert? Gab es überhaupt solche Registrierstellen?

Sie hörte sich um und griff nach jedem Strohhalm. Ja, schon bei vorangegangenen Kriegen gab es dezentralisierte Suchstellen, zum Beispiel von Kirchen und dem Deutschen Roten Kreuz, aber arbeiteten diese jetzt schon wieder, so kurz nach dem Krieg?

Abends, nach den Tagesverpflichtungen, schrieb Mutti, oft auch wegen ständiger Stromausfälle bei Kerzenlicht, unzählige Briefe an amtliche Stellen und meldete die Verluste ihrer Familienmitglieder bei Suchstellen hier, bei Suchstellen dort, überall dahin, wo sie dachte, es sei dafür die Möglichkeit da, ihr Auskünfte über den Verbleib ihrer Angehörigen zu geben. Sie wandte sich auch an einige Privatpersonen, die sie aus der Vergangenheit kannte und deren Adressen ihr noch bekannt waren. Es kam auch vor, dass ihr eine Anschrift nicht mehr einfiel, dann bat sie einfach die Behörden des Ortes, ihr beim Auffinden bestimmter Personen behilflich zu sein. Das war

manchmal in Orten, in denen der Krieg nicht so zuge-
schlagen und Spuren der Verwüstung hinterlassen
hatte, machbar.

Mutti resignierte nicht, sie jammerte und klagte
nicht, sie verplemperte nicht die Zeit mit dem Zurück-
sehen. Sie blickte stets nach vorn, gab sich weder der
Verzweiflung hin noch die Hoffnung auf einen Erfolg
auf.

Nur gut, dass sie den Sohn Wolfram, ihr einzig verbliebenes Kind, neben sich hatte. Er gab ihr Kraft und
war ihr immer wieder eine große Stütze.

Kapitel 17

Zu jener Zeit befand ich mich noch immer in meinem Tal der Dunkelheit. Das Loch, in das ich gefallen war, muss sehr tief gewesen sein, aus dem ich mich nicht so schnell befreien konnte, und der Filmriss hatte sich bisher nicht regeneriert.

Die Ereignisse, denen wir – Tante Jette, Oma Minna und ich – ausgesetzt waren, haben bei mir keine einzige Erinnerung hinterlassen. Ich verhielt mich äußerlich wohl ganz normal, dass die beiden gar nicht mitbekamen, dass ich womöglich ein paar Aussetzer hatte.

Ich denke, sie hatten auch andere Sorgen, als einem Kind die Probleme, die uns immerfort vor die Füße fielen, zu erklären. So bekam ich nichts von der täglichen Realität mit und lief mit ihnen so nebenbei mit. Keine Fragen, keine Antworten. So einfach war das.

Die folgenden Ereignisse liefen ab, ohne dass ich sie mitbekam und verinnerlichte. Ohne Tante Jettes Erzählungen könnte ich hier und jetzt auch nicht über sie schreiben.

Schon lange waren wir nicht mehr in der Flüchtlingsunterkunft in Altram, dem Dorf, in dem mit Brittas Tod meine letzte familiäre Verbindung zerriss und seitdem nur ich allein noch von unserer Familie übrig war. Wir befanden uns inzwischen in einem anderen

Ort, zu dem es wieder ein Stück weiter gen Osten gegangen war. Auch aus diesem Dorf waren viele der eigentlichen Einwohner auf der Flucht. Die Häuser blieben aber nicht lange leer, es zogen fremde Menschen ein, polnische Familien. Diese neuen Dorfbewohner wohnten nicht nur hier, sie hatten auch das Sagen, sie bestimmten über alles. Tante Jette, die zu denen gehörte, die sich fügen mussten, wurde verpflichtet, bei solch einer Familie, bei einer polnischen Bauernfamilie, zu arbeiten.

Ob dieser Aufenthalt in dem Dorf unter polnischer Regie lang oder kurz war, das wusste Tante Jette später auch nicht mehr zu sagen. Sie sprach nicht gern darüber; oder es war ihr, wie so viele andere Begebenheiten, nach denen ich sie in späteren Jahren befragte, entfallen.

Wir blieben dort jedenfalls solange, bis eines Tages angeordnet wurde, dass alle noch im Dorf verbliebenen Deutschen dieses neue polnische Gebiet zu verlassen hätten, ohne Wenn und Aber. So wurden wir nach diesen ganzen Strapazen der Flucht damit endgültig aus der Heimat vertrieben.

Wir kamen auf die Insel Sylt, und zwar nach Westerland in ein Flüchtlingslager, wo wir erst einmal eine desinfizierende Reinigungsprozedur über uns ergehen lassen mussten. Nach einigen Wochen Quarantäne wurden wir dann in den Süden der Insel Sylt geschickt, nach Hörnum in ein weiteres Flüchtlingslager, das aus vielen Baracken, die mitten in den Dünen waren, bestand.

Hier passierte mir – ich kann aber nicht sagen, ob nach Tagen, Wochen oder Monaten – etwas Verblüffendes:

Es geschah etwas mit mir, dass die Blockade, die verhinderte, Erlebtes zu Erinnerungen zu speichern, bröckeln ließ. Meine innere Sperre begann sich zu lockern, zwar langsam, aber immerhin…

Danke, Onkel Fiete! Er war hierfür der Grund, er, der mir bis dahin unbekannte Onkel Fiete!

Er löste mit seinem unerwarteten Erscheinen (so erkläre ich es mir heute selbst) in mir eine fürchterliche Angst aus, dass ich nicht nur verhalten weinte, sondern aus Leibeskräften schrie, als ginge es hier und jetzt um mein Leben. Dieses Schreien muss für mich solch starke seelische Erschütterung gewesen sein, die sich dann eigentlich positiv auswirkte und die Tür, die in meine Dunkelheit führte, aufstieß.

Tatsächlich, ich hatte riesengroße Angst, Angst vor dem fremden Mann, der sich gewaltsam Einlass in unseren zugewiesenen Raum in diesem Lager verschaffte.

Ich registrierte plötzlich: Ich bin ja allein in diesem Raum der Flüchtlingsunterkunft! Wo waren Tante Jette und Oma Minna? Warum waren sie nicht da?

Ja, sie hatten beide etwas in Hörnum zu erledigen, und ich blieb allein zurück. Tante Jette hatte mir vorher noch gezeigt, wie ich die Tür von innen verbarrikadieren muss. Es gab ja keinen Schlüssel, mit dem ich mich hätte einschließen können. Ich hatte also einen Stuhl unter die Türklinke gestellt. Das war zwar, wie sich dann auch zeigte, kein verlässlicher Schutz vor ungebetenen Eindringlichen, aber immerhin besser als gar nichts.

Ich saß dann auf der Fensterbank und beobachtete durch die Glasscheiben die Pferde, die in den Dünen hin- und herliefen. Oma Minna hatte mich wohl vor ihrem Weggang noch mit einer spaßigen Bemerkung aufheitern wollen, denn sie sagte, wenn ich die Pferde zähmen wollte, bräuchte ich ihnen nur Salz auf die Schwänze zu streuen.

So wartete ich also auf die Rückkehr von Tante Jette und Oma Minna.

Plötzlich war da jemand hinter der Tür zu hören. Dann ein lautes Klopfen. Ich bekam einen gewaltigen Schreck und hatte Angst. Nein, ich rührte mich nicht und gab auch keinen Mucks von mir. Wahrscheinlich wollte ich wohl demonstrieren, dass hier keiner sei. Das Klopfen wurde stärker, und dann wurde der Türdrücker heruntergedrückt. Die Tür gab ein wenig nach. Das ermutigte denjenigen, der hier so fordernd und forsch klopfte und um Einlass bemüht war, mit

Gewalt an der Tür zu rütteln, dabei den vorgestellten Stuhl zu verschieben und die Tür ganz zu öffnen.

Das alles war für mich Grund genug zu weinen, zu brüllen, aus Leibeskräften zu schreien. Ich hatte eine ungeheure Furcht vor der sich öffnenden Tür und vor dem unbekannten Mann, der da ins Zimmer trat und auf mich zukam.

Ob es wirklich dieses in Mark und Bein gehende Schreien war, durch das ich anfing, wieder etwas von der mich umgebenden Realität so aufzunehmen, dass auch noch ein paar Erinnerungsfetzen hängenblieben? Heute wäre dieses bestimmt ein Fall für einen Psychologen. Aber damals?

Wie gesagt, es war nur ein kleiner Anfang, bestimmte Aussetzer meiner Denkleistungen wieder auszumerzen.

Es stellte sich heraus, dieser Mann der mir solch einen großen Schrecken einjagte, dass dadurch sogar mein Gedächtnis beeinflusst wurde, war der Sohn von Oma Minna, also der Bruder von Tante Jette.

Was für mich aber viel mehr zählte, Onkel Fiete war ein fröhlicher Mensch. In seiner Gegenwart wurde die Stimmung gleich viel besser und leichter.

Nach dem Kriegsende war er zusammen mit Tante Flora, seiner Frau, auch als Flüchtling in Itzehoe gelandet. Dorthin holte er uns nun.

Damit hatte unser Aufenthalt in den Flüchtlingsheimen ein Ende gefunden.

Kapitel 18

Wir waren endlich in einer privaten Umgebung angelangt, dazu auch noch bei ganz lieben Menschen.
Onkel Fiete und Tante Flora teilten ihren engen
Wohnraum gern mit uns, eine Stube für sie, eine Stube
für uns. Damit war ihre Familie bis auf Tante Jettes
Ehemann, der noch immer, wie sie dann erfuhr, irgendwo in französischer Gefangenschaft war, zusammen.

Das Zimmer, das uns zur Verfügung stand, das sehe
ich in meiner Erinnerung als ganz schmalen Raum vor
mir:

an einer Längswand ein Bett, genau davor ein Tisch,
der an der gegenüberliegenden Wand schon anstieß.
Zur Einrichtung gehörten noch ein Stuhl, ein Kano-
nenofen und eine Kohlenkiste. An der Querseite, unter dem Fenster, stand eine Bank. Das war alles.

Wo und wie haben wir geschlafen? Na, das Bett teilten sich Oma Minna und Tante Jette, die Bank war für
mich. Ich musste immer sehr aufpassen, im Schlaf
nicht von der Bank zu fallen, denn Lehnen oder andere Begrenzungen hatte die Bank nicht. Einen Klei-
derschrank hatten wir auch nicht. Mit den wenigen
Sachen, die wir besaßen, wurde das einzige Bett aus-
gepolstert.

Wenn wir eine gemeinsame Mahlzeit einnahmen, war unsere Sitzordnung am Tisch folgendermaßen: Oma Minna saß auf der Bank, Tante Jette auf dem Bett, und für mich blieb die Kohlenkiste, die sowieso schon neben dem Tisch stand.

Der Raum nebenan gehörte Tante Flora und Onkel Fiete, aber da sie bald eine andere Wohnung bezogen, habe ich da nur ein leeres Zimmer vor Augen. Wir nutzten es dann nur zum Durchgehen, denn Möbel für dieses Zimmer hatten wir nicht. Es gab auch noch einen kleinen Flur, der uns als Küche diente, zwar ohne Herd, aber eine Kochgelegenheit war vorhanden.

Ja, aber mit der Toilette war das schon so eine kuriose Sache. Wir mussten eine steile Leiter erklimmen, um auf den Boden zu gelangen, wo in einer Ecke ein schwerer gusseiserner Eimer auf drei Beinen auf uns wartete.

Trotz dieser bescheidenen Ausstattung waren Tante Jette und ihre Mutter froh, dass der lange Fluchtweg für uns beendet war.

Mit der Küche, da fällt mir noch eine Begebenheit ein, an die ich in all den Folgejahren immer denken musste, wenn ich das Max- und Moritzbuch von Wilhelm Busch ansah. Ein Bild erinnerte mich immer an Tante Jette mit einem kunstvoll gebundenen Turban auf dem Kopf und in der Hand eine Stielpfanne, die sie hoch über sich in der Luft schwang, wie auf dem

Bild im Kinderbuch. Sie hatte sich in dem Augenblick, an den ich hier denke, mit einer anderen Person, ich weiß aber nicht, wer das war, sehr gestritten und drohte dieser mit lauten und bösen Worten.

Im Zusammenhang mit dem erwähnten Buch vergleiche ich Tante Jette mit der Witwe Bolte, die gerade die fehlenden Hühner bemerkte, die Max und Moritz durch den Schornstein geangelt hatten.

Unsere Ankunft in Itzehoe muss am Anfang des Jahres 1947 gewesen sein, also noch in der kalten Jahreszeit. Ich durfte hier endlich auch wieder allein vor die Tür, nach draußen zum Spielen. War das herrlich, sich im Schnee zu tummeln und auf dem Hosenboden einen kleinen Abhang hinunterzurutschen! Schade, ich hatte keinen Schlitten! Ich vermisste plötzlich den Schlitten, den wir Kinder in Deutsch-Eylau hatten, den wir jedoch wenige Tage, bevor wir unser Zuhause verließen, abgeben mussten. Diese Episode fiel mir nun in Itzehoe ein. Ich lief zu Oma Minna und erzählte ihr sogleich von dem längst vergangenen Erlebnis:

Wolfram und Britta waren in der Schule, während ich mich allein vor der Haustür des Familienhauses mit dem Schlitten beschäftigte. Da kam meine Mama in Begleitung von ein paar Männern in Uniformen auf mich zu, und diese erklärten mir, es wäre zwar für mich traurig, für sie ganz wichtig. Sie bräuchten den Schlitten und müssten ihn mitnehmen. Er würde im

Kampf gebraucht, und ich wolle doch auch, dass der Feind besiegt wird, oder?

Kapitel 19

Immerhin war ich inzwischen fast sechs Jahre alt. Der vierte und fünfte Geburtstag waren sang- und klanglos an mir vorbeigegangen. Von solchen Tagen wurde ohnehin kein Aufheben gemacht. Da ich in diesem Alter ja weder lesen noch schreiben konnte, war mir sowieso nie bekannt, welchen Kalendertag wir gerade hatten.

So vermisste ich wahrscheinlich weder meinen Geburtstag noch eine Kaffeetafel, wie sie zuvor in Deutsch-Eylau üblich war. Obwohl Britta noch auf unserem Krankenlager unsere Personalien vollständig genannt hatte, (das hörte ich auf unserer Krankenliege), verwechselte Tante Jette so einige Daten und so kam es, dass sie meinen Geburtstag grundsätzlich um zwei Tage verschob. Das war nämlich der Ehrentag ihres Mannes und für sie leichter, sich diesen Tag zu merken.

Als wir noch zu Hause waren, lernte ich schon im Zusammenleben mit den beiden größeren Geschwistern, die ja schon Schulkinder waren und sich auch über solche bedeutenden Dinge beim Anfertigen der Schulaufgaben mehrfach unterhielten, wichtige Personalien nachzuplappern, wie Geburtstagsdatum, Name, Wohnanschrift. Auch eine orthographische Besonderheit meines Familiennamens hatte ich mehrmals von den Großen gehört und mir gemerkt.

Mein Wissen war jedoch für Tante Jette nicht relevant und gab nicht einmal Anlass, darüber nachzudenken. Sie glaubte mir, dem kleinen Mädchen, nicht.

Solche „Kleinigkeiten" waren im damaligen Alltag belanglos, selbst dann, als ich bei Behörden angemeldet wurde, damit Tante Jette für mich eine monatliche Unterstützung von ca. 26 Reichsmark erhielt. Außerdem wurde ich bei einem Suchdienst registriert. Damit war ich nun ein Suchkind, das Suchkind Nena, wenn auch mit ungenauen Angaben.

Diese Tatsache geriet schnell wieder in Vergessenheit, denn der Kampf um das Sattwerden, der stand im Vordergrund. So sah sich Tante Jette auch gleich nach einer Arbeit um, mit der sie uns drei in Itzehoe ernähren konnte.

Als Tochter einer Schifferfamilie hatte sie eine besondere Beziehung zu Wasser, Schiffen, Booten, und sie fand in diesem Bereich auch eine artverwandte Tätigkeit. Sie reparierte Fischernetze, Netze in allen Größen. Manchmal war sie deshalb tagsüber unterwegs, jedoch oft war auch Heimarbeit angesagt, und ich durfte ihr dabei zusehen, wie sie mit einem Schiffchen einer Spindel und dem Garn umging. Selbst Oma Minna lobte Tante Jettes Fleiß und ihr Geschick.

Ja, in praktischen Dingen machte ihr keiner so leicht etwas vor, und sie scheute auch keine Arbeit. Schon von Kindesbeinen an hatte sie immer zupacken und den Eltern helfen müssen, wenn diese mit ihrem

Schiff auf den Flüssen Ostpreußens Lasten, wie Sand, Kohle, Holz oder Ähnliches zu den Hafenstädten hin- und hertransportierten. Wenn Oma Minna mir dann von Schiffen, die über Land und auch Berge fuhren, erzählte, wollte ich ihr das nicht glauben und dachte, sie erzählt mir Märchen.

Übrigens, in der Zwischenzeit habe ich mich von der Richtigkeit dieser Aussage überzeugt. Touristen können heute noch diesen Schifffahrtsweg über Land be- staunen, und mittlerweile gehört diese Attraktion im heutigen Polen zum Weltkulturerbe.

Als dann im Jahre 1938 Tante Jettes Vater verstarb, hat sie zum größten Teil als Zwölfjährige seine Auf- gaben auf dem Schiff erfüllen müssen. So war sie also frühzeitig an harte Arbeit gewöhnt. Dem Schulbesuch wurde von keiner Seite große Aufmerksamkeit ge- schenkt und verlief demzufolge auch nur sporadisch. Dafür hatte Tante Jette in der Praxis ausgiebig gelernt, wie man das Leben in den Griff bekommt.

Sie hatte nicht nur des Geldes wegen große Freude am Heilmachen der Netze, auch weil sie wusste, sie hilft anderen mit ihrer Arbeit. Die Fischer vertrauten ihr gern ihre reparaturbedürftigen Netze an, und im ansässigen Fischereiwesen wurde sie wegen ihrer schnellen und zuverlässigen Arbeit sehr geschätzt.

Kapitel 20

Währenddessen Tante Jette also das Geld für unser Brot verdiente, verbrachte ich die Tage mit Oma Minna. Ich glaube, sie war froh, meine Gesellschaft zu haben.

Als dann der Frühling begann, plagte sie sich sehr ab, wenn sie mit dem speziellen Eimer vom Boden die Straße hinunter zu einem mit Band umspannten Gartenbeet ging, um dort den Eimerinhalt auszukippen und auf dem Beet zu verteilen. Oh, wie das stank!

Bei dem Uferrand eines Gewässers, ganz in der Nähe, spülte sie den Eimer aus, und dann ging es wieder zurück nach Hause.

Auf dem Beet, unserem zugewiesenen „Gärtchen", wuchsen dann riesige Kürbisse. Oma Minna freute sich sehr, wenn diese aufgrund ihrer Extrabehandlung gut gediehen. Diese Freude verstand ich allerdings nicht und nahm mir vor, ihre hervorragenden Kürbisgerichte zu verschmähen. Nein, so etwas wollte ich nun wirklich nicht essen, denn ich stellte mir vor, dass da eventuell noch ganz versteckt Ka... dran sein könnte.

Ja, und dann gab es noch für kurze Zeit bei Tante Flora und Onkel Fiete ein Mädchen namens Hanna. Es war größer und auch ein paar Jahre älter als ich, aber nicht so groß wie Britta war. Ich mochte Hanna und fand es furchtbar aufregend, wenn wir beide an Bord von Onkel Fietes Schiff, einer Schute, die gerade im Hafen angelegt hatte, im Ruderhaus standen und das Steuerrad wild nach allen Seiten drehten. In solch seltenen Momenten war für mich die Welt in Ordnung.

Leider war Hanna nicht lange bei Onkel Fiete und Tante Fora, denn sie wurde bald wieder von ihrer Mutter nach Hause geholt. Ich tröstete mich damit, dass Tante Flora bald ein neues Kind haben würde, mit dem ich spielen könnte. Aber jetzt war es noch nicht einmal geboren, noch war es in ihrem Bauch.

Das Baby bereitete Tante Flora große Sorgen. Ich habe noch das Bild vor Augen, wie sie sich vor Schmerzen krümmt und mit dem Rücken an der Wand herunterrutscht. Sie tat mit ja so leid. Manchmal setzte ich mich dann neben sie auf den Fußboden. Ich glaube aber kaum, dass ihr das geholfen hat.

Dann kam sie in ein Krankenhaus, und als sie wiederkam, brachte sie jedoch kein Baby mit. Es gab kein Baby. Sie hatte es „verloren". Diese Redewendung verstand ich gut, denn Britta und ich hatten ja auch unser Baby, das Baby Lilli, verloren.

Nun wurde ich also sechs Jahre alt und hatte somit das richtige Alter, um zur Schule zu gehen. Hinter meinem Rücken, das erfuhr ich noch von Hanna, gab es deswegen zwischen Tante Jette und Tante Flora einen heftigen Streit. Für Tante Jette war Schule nicht so wichtig, war reine Zeitverschwendung. Sie selbst hätte auch am eigenen Leib erfahren müssen, dass das praktische Leben der beste Lehrmeister war. Mit Lesen und Schreiben, na, damit hätte sie nie und nimmer den Krieg überstehen können.

Tante Flora war da anderer Meinung, und was machte sie? Das einzig Richtige. Sie nahm mich an die Hand, ging mit mir zum Objekt des Zankapfels und meldete mich dort an. Fortan war ich ein Schulkind.

Was ich im Unterricht lernte, kann ich im Nachhinein nicht sagen. Ich weiß es einfach nicht. Dennoch fand ich es gut, mich jeden Tag auf den Schulweg machen zu müssen, denn das Beeindruckende an der gesamten Schule und Grund genug, sie immer wieder gern zu besuchen, war für mich eine Grießsuppe, die jeder Schüler serviert bekam. Ein großes Militärauto fuhr täglich bei dem Schulgebäude vor und brachte in großen Kübeln die kostbare Suppe mit einem unvergleichlichen Duft. Jedes Kind im Klassenraum erhielt von den netten britischen Soldaten ein Kochgeschirr, gefüllt mit dieser wohlriechenden und schmackhaften Köstlichkeit und dazu einen Löffel in die Hand gedrückt. Wenn ich dann in der langen Tischreihe auf meinem Platz saß und mit dieser Milchsuppe meinen Magen füllte, gab es nichts Herrlicheres als diesen augenblicklichen Genuss und diesen ganz eigenartigen

Geruch, der sich für alle folgenden Jahrzehnte in meiner Nase festsetzte und den ich auch heute noch jederzeit abrufen kann.

So war mein Schulbesuch eine erfreuliche und nützliche Angelegenheit. Lange hatte ich allerdings nicht dieses Vergnügen, denn es bahnten sich bereits wieder weitere Veränderungen in meinem Leben an, von denen ich im Moment aber noch nichts ahnte. Um es mit einem Satz zu sagen:

Mutti hatte mich gefunden. Sie hatte mich ausfindig gemacht und wusste, wo ich war. Woher? Von Frau Schrade.

Kapitel 21

Mutti und Wolfram waren zu jener Zeit immer noch in der mecklenburgischen Stadt, an dem Ort, an dem sie eigentlich nur kurzzeitig verharren wollten. Mutti hatte eine Büroarbeit gefunden, bei der sie ein kleines Gehalt bezog, das gut eingeteilt werden musste und von dem sie beide sehr bescheiden lebten. Sie führten ein karges Leben, denn es fehlte ihnen an allen Ecken und Kanten das Mindeste, das Wichtigste, was täglich notwendig war.

Ein Glück, dass Wolfram ein so verständiger Junge war, auf den sich Mutti immer verlassen und mit ihm auch alles absprechen konnte.

Für ihn hatte inzwischen auch wieder die Schule begonnen. So hatte ihr Tagesablauf eine gewisse Struktur.

Wenn nur nicht dieser psychische Druck wäre!

Der Kummer, besonders um die verlorenen Kinder, aber auch den Ehemann, die Mutter und die Schwester ließen Mutti Tag und Nacht keine Ruhe. Jede freie Minute nutzte sie, um sich umzuhören, wo eventuelle Anlaufstellen sind, um dort vermisste Personen des Krieges registrieren zu lassen oder auch zu erfragen, ob sie dort bereits notiert und ihrerseits auf der Suche nach ihr sind.

Leider gab es zu jener Zeit noch keine zentralen Suchdiensteinrichtungen, immer nur an verschiedenen Orten kleinere Stellen, bei denen die Daten der jeweiligen Personen auf Karteikarten erfasst wurden, und zwar meist entweder vom Roten Kreuz oder von den Kirchen. So wusste eine Einrichtung nicht, was die andere schon herausgefunden hatte. Eine Verständigung und Abstimmung der einzelnen Einrichtungen untereinander war fast eine schier unlösbare Aufgabe.

Mutti schöpfte auch durch ihre rege Korrespondenz mit den Privatpersonen, deren Adressen auch jetzt nach dem Kriegsende noch stimmten, da deren Wohnungen nicht durch Bombenhagel verloren waren, immer wieder neue Hoffnung auf einen Erfolg, bat und ermunterte diese, sich weiter umzuhören. Irgendwer müsste doch einmal über ihre vermissten Angehörigen etwas hören, etwas in Erfahrung bringen! Mit den unzähligen Briefen hatte Mutti ihre neue Anschrift bekannt gemacht.

So verstrichen viele Wochen und Monate. Aber es ereignete sich nichts Positives in dieser Hinsicht. Sie erhielt - wenn überhaupt Antworten kamen - nur Absagen, nur negative Bescheide. Einmal dachte sie, den Bruder unseres Vaters aufgespürt zu haben, aber diese Person war leider nur ein Namensvetter, mehr nicht.

Plötzlich gab es aber doch Hoffnung. Frau Schrade, eine ehemalige Nachbarin aus Deutsch-Eylau, die in

unserem Familienhaus mit ihrer Familie eine Zweit-
wohnung hatte, meldete sich von ihrer Hauptwohnung
in Hamburg. Natürlich hatte Mutti zuvor auch hierhin
geschrieben.

Frau Schrade teilte Mutti eine wunderbare Nachricht
mit. In einer regelmäßig erscheinenden Hamburger
Suchzeitung hatte sie das Suchkind Nena entdeckt.
Trotz der falschen Schreibweise des Namens und obwohl auch weitere Personalien unrichtig angegeben
waren, ahnte sie, dass nur ich damit gemeint sein
könnte.

Das war doch ein Lichtblick für Mutti! Eine von drei
Töchtern war in Sichtweite!

Mutti ergriff sofort die Initiative und knüpfte bei den
zuständigen Stellen erste Kontakte, um ihr Anliegen
vorzubringen, zu beweisen, dass sie als Mutter dieses
Suchkindes berechtigt ist, nähere Hinweise zu erhalten. Zwischenzeitlich überzeugte sich Frau Schrade
an Ort und Stelle, ob ich auch wirklich das Suchkind
war, von dem in der Annonce geschrieben stand, ob
ich wirklich das von Mutti gesuchte Kind war. Sie un-
ternahm, nachdem Mutti erfuhr, wo sich das entsprechende Suchkind aufhielt, extra mit dem Zug eine
Bahnfahrt von Hamburg nach Itzehoe und erkannte
mich auf Anhieb wieder. Ja, ich war die gesuchte
Nena.

Gern hätte sie mich erst einmal zu sich nach Hause mitgenommen, wenn das möglich gewesen wäre, zumal sich unsere Familien von Deutsch-Eylau her gut kannten, auch wir Kinder untereinander. Udo, das jüngste Kind der Familie Schrade, hätte sich vermutlich auch gefreut, wäre seine einstige Spielfreundin plötzlich wieder aufgetaucht. Aber daraus wurde nichts.

Dafür gab es mehrere Gründe.

Erstens - die Ämter: Für Mutti wäre es eine große Erleichterung und Beruhigung gewesen, mich bis zu unserem Wiedersehen in der Obhut vertrauter Leute zu wissen. Das ging jedoch alles nicht so einfach, es waren bestimmte Amtswege einzuhalten.

Zweitens: Außerdem, so leicht ließ mich Tante Jette nicht von dannen ziehen, schon gar nicht mit jeder und jedem, auch nicht mit einer Frau Schrade, die es nur gut mit mir meinte und Mutti organisatorisch und finanziell helfen wollte.

Wenn mich Tante Jette schon hergeben musste, wenn das wirklich unumgänglich war, dann würde sie mich nur der leiblichen Mutter übergeben, keinem anderen Menschen. Das hatte sie mehrmals betont, und ich weiß, weil sie es später oft genug sagte, sie dachte dabei auch an die 26 Reichsmark, die sie für mich bezog, und auf die sie sehr angewiesen war, da Oma Minna, ihre Mutter, keinerlei Einkünfte hatte.

Übrigens, war meine Meinung, ob ich eventuell mit Frau Schrade nach Hamburg wollte oder nicht, auch gefragt? Nein, ich hatte von dieser ganzen Sache nichts mitbekommen. Ich hatte Frau Schrade gar nicht zu Gesicht bekommen, zumindest nicht bewusst.

Kapitel 22

Als Mutti die Bestätigung erhielt, dass es sich ohne Frage um mich, ihre Tochter Nena, handelte, setzte sie alle Hebel in Bewegung, die Vorbereitungen, mich so schnell wie möglich zu sich zu holen, zu beschleunigen. Dazu brauchte sie auch die Unterstützung einiger Behörden. Das ging alles nicht von heute auf morgen und brauchte somit schon etwas Zeit. Es musste eine ganze Menge geklärt werden; auch die Reisekosten gehörten dazu. Außerdem war zu bedenken, dass zwischen uns eine von den Siegermächten des Krieges festgelegte und strengbewachte, eigentlich eine undurchlässige politische Grenze war. Mutti wohnte nämlich in der sowjetisch-besetzten, und ich war in der britisch-besetzten Zone. Ein Hin- und Herpendeln zwischen diesen Zonen, das war unmöglich. Das gab es nicht. Es war also vorauszusehen, so schnell war da nichts zu machen.

Uns blieb zunächst nur eine Verbindung durch die Briefpost. Gleich nachdem Mutti unsere Anschrift in Itzehoe herausgefunden hatte, begann zwischen uns ein emsiger Schriftwechsel. Was in Muttis Briefen stand, weiß ich nicht oder vielleicht auch nicht mehr. Aber einen Brief, den mir mein Bruder Wolfram schrieb, den habe ich noch und gebe ihn hier wieder:

21·3·1947

Liebe Nena!

Anbei schicke ich Dir ein paar Bildchen· Ich habe sie für Dich ausgeschnitten· Überhaupt habe ich schon viele Papierpuppen ausgeschnitten, mit denen wir zusammen spielen werden, wenn Du wieder bei uns bist·

Auch ein Kasperletheater habe ich, dazu die Puppen:

Kasperle, König, Prinzessin, Teufel, Hexe, Polizist August mit der dicken Backe, Köchin und Seppel·

Kannst Du Dich noch auf mein Kasperletheater in Deutsch-Eylau besinnen?

Deinen nächsten Geburtstag feiern wir bestimmt zusammen·

In der nächsten Woche hat Mama Geburtstag und dann schenke ich ihr ein Blümchen von uns beiden. Schade, daß Du dann nicht hier bist.

Abends, wenn wir im Bett liegen, unterhalten wir uns, wie es sein wird, wenn Du hier bist. Wie magst Du aussehen? Bist Du noch unser Pummelchen? Hast Du Dir Zöpfe wachsen lassen? Ich bin schon so neugierig auf Dich.

Viele Grüße und ein Küsschen von

Deinem Wolfram

Diese Zeilen ließ ich mir viele Male von Oma Minna und auch von Tante Jette vorlesen. Ich wollte gern antworten, aber die Zeit der Grießsuppen hatte ja noch gar nicht richtig begonnen, denn meine Einschulung fand erst zu Ostern statt.

Was nun? Tante Jette hatte einen genialen Einfall. In großen Druckbuchstaben verfasste sie einen Text, den ich dann Zeichen für Zeichen abmalte.

Diese für mich anstrengende Arbeit hat sich in meinem Gedächtnis festgesetzt:

Ich sehe mich, wie ich auf der Kohlenkiste, meinem Sitzplatz, hocke. Unseren einzigen Stuhl nutze ich als Schreibtisch. Vor mir an der Stuhllehne ist der vorgeschriebene Brief von Tante Jette. Mit einem Bleistift male ich hochkonzentriert die geheimnisvollen Symbole auf einen Papierbogen:

LIEBE MUTTIUND BRUDER

DIE BEIDE N KARTEN HABE ICHERHAL-TEN. UNDICH FREUE MICH SCHON WEN ICH BEIEUCHSEIN WERDEDU DOCHAUCH. BEIUNSIST ES SCHON SO SCHöN WARM DORT AUCH.LIBE M UTTI BLEIBE G ESUND

BALD BIN ICH BEIEUC HVIEL GRÜSE DEIN NENA

Ich denke, für ein Kind, das noch nicht das ABC er-
lernt hat, ist das ein recht ordentliches Ergebnis, das
irgendwie auch zu entziffern ist und vor allen Dingen
bestimmt ein Mutterherz höher schlagen ließ. Ja, und
wie ging es weiter?

Kapitel 23

Es war inzwischen Juni geworden und in diesem Jahr, dem Jahr 1947, war es ein heißer Sommer. Jedenfalls - so erinnere ich mich - spielte ich bei herrlichem Wetter nur mit einem Spielhöschen bekleidet und auch barfuß vor dem Haus. Dort war ein riesiger Platz, auf dem ein Sandberg aufgeschüttet war; genau das Richtige für Kinder meines Alters.

Ein Junge aus der Nachbarschaft hatte eine Schubkarre mitgebracht, die wir fleißig mit Sand befüllten. Den Sand kippten wir ein paar Meter weiter wieder aus, um dann die Karre neu zu befüllen.

Ich war so emsig in meine Tätigkeit vertieft, dass ich gar nicht die zwei Personen bemerkte, die auf mich zukamen. Aber dann hörte ich, wie mich jemand anredete. Ganz deutlich wurde „Nena", mein Name, gerufen. Ich drehte mich um und sah eine Frau und einen großen Jungen, die in kurzer Entfernung hinter mir standen. Woher wussten die beiden meinen Namen? Kannten sie mich?

In den letzten Jahren hatte ich so viele Leute gesehen, immer wieder neue Leute. Sie kamen und waren meist bald wieder verschwunden. Nun, in diesem wichtigen und entscheidenden Moment fiel mir nicht ein, wer die beiden waren, die da neben mir standen. Ich kann mir gut vorstellen, dass Mutti das in diesem

Augenblick merkte und vielleicht auch ein wenig enttäuscht war.

„Nena, erkennst du mich denn gar nicht? Ich bin´s doch, deine Mama."

Ungläubig starrte ich diese Frau an. Meine Mama? Mir fiel ihr schwarzes Haar auf. Ja, solch schwarze Haare hatte meine Mama. Aber …

Meine einzige Reaktion in diesem Moment war wahrscheinlich die, dass ich weiter nichts dachte und sagte. Ich wurde wohl zu sehr von diesen Ankömmlingen überrumpelt.

Ohne eine Antwort, ohne ein Zeichen des Erkennens oder Nichterkennens, drehte ich mich flugs um, ließ die beiden stehen und rannte, ohne mich noch einmal umzudrehen, in das Haus, in dem wir wohnten. Ich stürmte die Treppe hoch und kam außer Atem bei Tante Jette an, um ihr dann stockend und nach Luft schnappend mitzuteilen:

„Meine Mama, meine Mama ist da."

Da waren Mutti und Wolfram, die mir gefolgt waren, auch schon in der Tür und betraten die Stube.

In den nächsten Stunden wurde mein Abschied von Itzehoe, ebenso meine Reise in ein neues Leben vorbereitet. Nun hieß es wieder einmal, sich von vertrauten und liebgewonnenen Menschen und auch von gerade erst seit kurzem geregeltem Alltag zu trennen. Ob da eine Portion Wehmut mitklang, kann ich weder bejahen noch verneinen. Ich meine aber, mich erinnern zu können, dass es reibungslos und in entspannter Atmosphäre vonstattenging.

Zunächst brachen wir alle zusammen zur Schule auf, wegen der Abmeldung. Natürlich interessierte sich unser „Besuch" (so ordnete ich noch zu diesem Zeitpunkt meine Mama und Wolfram ein) sehr für meinen Schulweg, den ich seit kurzem täglich ohne Begleitung zurückgelegt hatte. Besonders stolz war ich, als ich den „Besuchern" sagen konnte, dass jener Fluss, über den eine Brücke führte, die wir überquerten, Stör heißt. (Bis ich mich viele Jahre später vom Gegenteil überzeugte, war dieser Fluss in meiner Vorstellung ein reißendes Gewässer mit einer riesigen Brücke darüber.)

In dem Schulgebäude selbst atmete ich letztmalig den lieblichen Duft der Grießsuppe ein. Um diese tat es mir wirklich leid, aber ab sofort stand sie mir bedauerlicherweise nicht mehr zu. Ich war ja nicht mehr Schülerin dieser Schule.

An jenem Tag, an diesem letzten Tag in Itzehoe, schien die Sonne und machte damit Straßen, Häuser, die Wiese mit den Blumen, die Wege mit dem Gras am Wegesrand, eben alles, woran wir vorbeigingen, wunderschön; das Eis am Stiel, das Tante Jette jedem ausnahmsweise spendierte, schmeckte vorzüglich und für mich war alles in bester Ordnung. Auch Mutti gefiel es in diesen Momenten in Itzehoe und wäre, wie sie mir Jahre später einmal anvertraute, am liebsten dortgeblieben. Aber daraus wurde nichts. Sie hatte keine Chance, die Genehmigung für einen Zuzug in diese Stadt zu erhalten. Eine Zusage dafür wurde ihr nach einer Anfrage verwehrt.

Da Tante Jettes Wohnverhältnisse sehr eng und begrenzt waren, gab es für Mutti und Wolfram auch keine Möglichkeit, hier länger zu bleiben. So wurde ziemlich schnell alles für die Abreise vorbereitet, für *unsere* Abreise, denn ich gehörte ja dazu. Viel gab es zwar nicht, was insgesamt einzupacken war, aber in meiner Aufregung passierte mir noch ein riesengroßes Malheur, das für Tante Jette wegen der fehlenden sanitären Anlagen vor den Augen der Gäste eine unangenehme und peinliche Sache war.

Wie ich vorher schon einmal erwähnte, stand unser Toiletteneimer in der hintersten Ecke auf dem Boden. Genau hier, und zwar noch hinter dem Eimer, lag eine Murmel, die für mich sehr kostbar war, weil es eine Glasmurmel war, eine Glaser, die ich beim Spiel mit anderen Kindern eingetauscht hatte. Diesen kostbaren Schatz wollte ich nun unbedingt holen, denn sie sollte als mein Souvenir mit auf die Reise gehen.

Ich beugte mich also über den besagten Eimer, stützte mich sogar mit einer Hand auf dem Rand dieses Gefäßes ab und griff mit der anderen Hand nach der Murmel. Da geschah es. Ich verlor den Halt. Mein linker Arm versank bis über den Ellenbogen in der stinkenden Masse, in der Schiet. So ein Schlamassel aber auch!

Tante Jette hatte in der Vergangenheit schon so viel Ärgernisse und Schreckliches erlebt und beseitigt, dass sie zwar in dieser Situation ziemlich betreten war, aber sich auch hier als eine Frau der Tat erwies und ohne Geschrei und Gezeter die hässlichen Spuren und Gerüche beseitigte. Bei dieser Prozedur hatte sie sogar zwei strahlende Zuschauer.

Wie gesagt, ich hatte mit dem Zwischenfall für ein großes Gelächter aller Anwesenden gesorgt, nur ich fühlte mich gar nicht wohl und war peinlich berührt. Mir war jedenfalls nicht zum Lachen zumute.

Ja, und dann war es so weit. Ich sagte zu Oma Minna:

„Auf Wiedersehen!" Ihr würde ich künftig nun nicht mehr zusehen, wenn sie in Mußestunden Daumen drehte, und das nicht nur vorwärts, sondern auch rückwärts. Solch eine Fertigkeit hatte ich bisher bei anderen noch nicht beobachten können.

Tante Jette begleitete uns natürlich zum Bahnhof.

In einem leeren Abteil fanden wir hinreichenden Platz. Unser Eisenbahncoupé hatte zwei gegenüberliegende Türen und helle hölzerne Bänke. Wir waren kaum eingestiegen, da wurden auch schon die Türen von außen geschlossen, ein langer Pfiff ertönte, und der Zug setzte sich in Bewegung. Ich stand auf einer der Holzbänke, guckte durch die Glasscheiben nach draußen und sah Tante Jette, wie sie auf dem Bahnsteig neben dem Zug mitlief. Sie sah sehr traurig aus. Als sich unsere Blicke trafen, weinten wir beide, Tante Jette beherrscht und ich herzzerreißend.

Damit war die gemeinsame Zeit mit Tante Jette zu Ende. Ich war gern bei ihr.

Kapitel 24

Jetzt fuhr ich aber mit einer Frau, die behauptete, meine Mama zu sein, und es wohl auch war, sonst hätte meine Pflegetante dieser Reise nie zugestimmt, und einem großen Jungen, meinem Bruder, unserer neuen Heimat in einer mecklenburgischen Kleinstadt entgegen.

Vom anfänglichen Trennungsschmerz von Tante Jette einmal ganz abgesehen hatte ich dann später sogar Spaß an dieser Fahrt. Ich fand es lustig, mit Wolfram rumzualbern. Nach kurzer Fahrt legten wir aber schon in einer mir unbekannten norddeutschen Stadt noch eine Pause ein und besuchten einen Cousin von Mutti, den sie seit Kindheitstagen in Königsberg nicht mehr gesehen hatte. Onkel Franz und Tante Lisa, seine Frau, nahmen uns herzlich auf und verscherzten es sich jedoch ziemlich schnell mit mir, denn sie versuchten, mich mit vertrockneten Weintrauben zu begeistern. Tante Lisa nahm mich in einen Raum mit mehreren Tischen und Regalen mit, auf denen ich Unmengen von Weintrauben sah. Diese waren an ihrer Hauswand gewachsen und sollten jetzt hier trocknen. Diese verschrumpelten Trauben bot Tante Lisa mir zum Naschen an. Ich verzichtete jedoch auf diese angebliche Leckerei, und es half auch kein Zureden.

Nur gut, dass Tante Jette nicht mitbekam, was man mir hier antun wollte! Bei ihr brauchte ich keine verdorbenen Früchte zu essen.

Woher sollte ich auch wissen, dass das Rosinen waren? Korinthen, Sultaninen und Rosinen gehörten einfach nicht zu meinem Erfahrungsschatz. Vielleicht kannte ich sie vor langer Zeit in Deutsch-Eylau, denn dort leistete ich meiner Mama entweder in der Küche oft Gesellschaft oder begleitete sie zum Einkaufen. Kaufmann Pluch gab uns aber immer gute Lebensmittel, die nicht verdorben oder vertrocknet waren. Dieser freundliche Mann im weißen Kittel machte zudem stets einen Spaß mit mir, wenn er so tat, als wolle er uns den Kinderwagen mit dem Baby wegnehmen. Zur Versöhnung für dieses gespielte Ärgernis durfte ich mich dann anschließend bei einer großen Bonbonniere bedienen; und diese Süßigkeiten waren nicht verdorben wie die seltsamen Dinger bei Tante Lisa.

Nach dieser für mich unerfreulichen Begebenheit, bei der ich erstaunt war, dass mir weder Mama noch Wolfram beistanden, setzten wir die Reise fort.

Für Mutti begann ein spannender, ein aufregender Reiseabschnitt. Der Grund hierfür war die Zonengrenze, die entstand, als nach dem Kriegsende die vier Siegermächte unser Land aufteilten. Bisher hatten wir uns in der britischen Besatzungszone bewegt, zu der sowohl Itzehoe gehörte als auch der Wohnort von Muttis Cousin. Unser Ziel war jedoch eine Stadt in der sowjetisch-besetzten Zone. An der Grenze dazwischen war jedoch Schluss mit dem Eisenbahnverkehr. Weiter ging es eben nicht, zumindest nicht auf legalem Wege.

Für Mutti und Wolfram war es nun schon das zweite Mal, dass sie vor dem Problem standen, die Grenze zu überschreiten. Schon auf dem Hinweg nach Itzehoe hatten sie den Grenzübertritt praktiziert, und da geschah es in großer Heimlichkeit. Sie schlossen sich notgedrungen, weil sie keinen anderen Ausweg sahen, einer Schieberbande an, ein Führer voneweg und alle anderen hinterher. Meist waren es Männer, die schwere Säcke mit irgendwelchen Schmugglerwaren auf dem Rücken schleppten. So schlichen sie heimlich - geduckt und ohne miteinander zu sprechen - durch das Gelände. Zwischendurch wurde auch einmal eine Rast eingelegt, in der die Männer mit Wurst, Käse und Speck dickbelegte Brote auswickelten und genüsslich verschmausten. Mein Bruder konnte sich nur über dieses üppige Mahl der Schieber wundern.

Als sie weitergingen, mussten sie sich ein paarmal auf den Boden werfen und mucksmäuschenstill auf allen vieren durch das Buschwerk, über die „grüne Grenze", kriechen. Das war nicht nur anstrengend, sondern für Mutti auch schon sehr entwürdigend. Aber auch das schafften sie, ohne von Grenzposten entdeckt zu werden. Sie hatten ja einen kundigen Führer, der laufend solche Touren durchführte und dadurch viel Erfahrung besaß.

Als es dann ans Bezahlen ging, reichte Mutti ihm einen läppischen Zwanziger herüber. Mehr konnte sie sich nicht leisten, und auch diese Summe war für sie eigentlich schon viel zu viel. Da nutzte es dem Schmugglerleiter auch nichts, dass er wegen des geringen Lohns einen Skandal entfachte und Schimpftiraden losließ. Mehr Geld hatte Mutti nicht, das sie ihm geben konnte.

Solche oder ähnliche Demütigung wollte sie sich auf dem Rückweg ersparen. Deshalb marschierten wir illegal auf der ganz legalen Chaussee durch das Niemandsland, das zwischen den einzelnen Besatzungszonen war. Wir hatten die gesamte Straße für uns allein, und wir kamen gut voran. Ich lief mit unserem Transportfahrzeug meist ein Stück voraus, Wolfram und Mutti kamen hinterher. Unser Fahrzeug – was das war?

Wir hatten für unsere Reise weder Koffer noch Rucksack. Mutti trug lediglich ihre kleine graue Leinenhandtasche, die ich vage noch von Deutsch-Eylau wiedererkannte. Die wenigen Habseligkeiten, die wir mitführten, passten alle gut in eine Holzkarre, die mir in den letzten Wochen als Puppenwagen diente und aus einer Holzkiste mit vier Rädern und einer Schubstange bestand. Diese Karre war gar nicht so schlecht und erfüllte nun einen guten Zweck. Da brauchten wir wenigstens nichts zu tragen.

Wie war denn nun die Karre beladen? Also, auf jeden Fall hatte ich die Puppe mitgenommen, die Tante Jette für mich mit viel Liebe und Geduld aus alten Strümpfen und Flicken geschneidert und ausgestopft hatte. Das Gesicht war mit bunten Fäden aufgestickt, und ein paar Wollfransen dienten als Haare. Auch wenn die Puppe mich ein wenig böse ansah, ich hatte sie gern. Sie gab mir das Gefühl, eine Puppe zu haben.

Dann war noch ein wenig Kleidung eingepackt, auch ein paar Nahrungsmittel als Wegzehrung für uns alle. Aber besonders erfreut war ich, dass Tante Jette an meinen Lieblingspullover gedacht hatte, den Pullover mit den vielen bunten Steifen. Diesen hatte Tante Jette in mühseliger Kleinarbeit aus den vielen Wollresten, die sie in ihrem Bett gesammelt und auf denen sie und Oma Minna nachts schliefen, mit einem wunderschönen Lochmuster gestrickt. Vorher durfte ich mithelfen, Strümpfe, Schals, Handschuhe, Mützen – alles alte Sachen, die Tante Jette emsig von überall zusammengetragen hatte, aufzurebbeln und auf kleine Knäuels zu wickeln. In dem Pullover steckte also auch meine Arbeit drin. Darauf war ich natürlich sehr stolz.

Das war dann auch schon unser gesamtes Reisegepäck, und damit war die kleine Karre, die ich über die glatte Teerstraße schob, ausgelastet. Auf ihren Rädern eierte sie die Straße entlang, die durch ein riesiges Waldgebiet führte. Der Weg war unendlich weit und wollte kein Ende nehmen, und langsam fiel uns schon das Laufen schwer. Bisher hatten wir uns auch noch keine Ruhepause gegönnt; die wollten wir erst dann machen, wenn wir das Niemandsland durchquert hätten. So legte es Mutti fest.

Plötzlich aber, da blieb sie stehen und rief mich an ihre Seite. Eine Hand legte sie um meine Schultern, mit der anderen Hand hielt sie Wolfram fest. Vor uns auf der Chaussee lauerte eine Gefahr, der wir nicht entgehen konnten:

ein unübersehbarer Schlagbaum – quer über der Straße, daneben ein Holzhäuschen mit einem großen roten Stern, einem Sowjetstern.

Mutti, aber auch Wolfram, sie bekamen beide einen gewaltigen Schreck. Jetzt war genau das eingetreten, was sie beide schon die ganze Zeit befürchteten. Wir waren in eine Falle getappt. Wie sollten wir uns nun verhalten? Zurück? Ja? Nein? Weglaufen – das ging nicht.

Langsam bewegten wir uns auf das Häuschen zu, aus dem inzwischen auch schon ein sowjetischer Grenzsoldat herausgetreten war. Er kam auf uns zu, sprach uns an und winkte uns mit Gesten in das Wachhaus hinein.

Später erzählte Mutti mir einmal, in diesem Moment hätte sie fürchterliches Grauen erfasst. Sie wäre wie gelähmt gewesen, und es bereitete ihr Schwierigkeiten, einen Fuß vor den anderen zu setzen. Sie dachte, sie würde zusammenbrechen.

Der Soldat befragte Mutti in holprigem Deutsch, was wir hier in dem Grenzgebietsstreifen, der nicht betreten werden darf, zu suchen hätten. Geduldig hörte er sich daraufhin ihre Erklärungen an.

Vielleicht hatte er selbst Kinder, an die er jetzt dachte. Es war ja bekannt, dass junge sowjetische Familienväter oft sehr kinderlieb waren. Jedenfalls sah es nicht so aus, als wolle er uns etwas Böses antun, er tat nur seine Pflicht und zeigte uns dabei, dass er uns wohlgesonnen war.

Mutti konnte zum Glück auch beweisen, was sie ihm erzählte. Sie hatte vorgesorgt. Vor ihrem Reiseantritt war sie zum städtischen Amt des Bürgermeisters gegangen und hatte sich da einen Passierschein mit Stempel und Unterschrift einer hochrangigen Persönlichkeit besorgt. Damit hatte sie die Genehmigung, ihren Wohnort zeitweilig verlassen zu dürfen. Auf dieser Bescheinigung war natürlich auch der Grund dafür vermerkt, ein Kind, das im Krieg verlorengegangen war, nach Hause holen zu wollen.

Diesen Schein drehte der Soldat nun immer wieder in den Händen hin und her, und es sah so aus, als ob er ihn studiere. Ob er wirklich die deutsche Schrift lesen konnte und auch noch den Inhalt erfasste? Scheinbar ja, denn sein folgendes Handeln ließ diesen Schluss zu. Wir durften uns nämlich an einen Tisch setzen, der in der Ecke der Wachstube stand, wo er zunächst jedem von uns in einen Becher Tee aus einem eigenartigen Gefäß, einem Samowar, wie ich später lernte, eingoss. Der Tee tat uns dreien gut. Dann las der Soldat wieder Muttis Zettel. Zwischendurch blickte er ab und zu lächelnd zu uns herüber. Er ließ uns aber lange sitzen und warten. Ob er uns vielleicht ansah, dass wir eine Pause gut gebrauchen konnten? Schon möglich.

Währenddessen war er aber nicht müßig. Ich sah ihm gespannt zu, wie er immer wieder auf den Schein, den Mutti ihm gab, blickte und dann an einem Apparat eine Kurbel drehte. Das dauerte und dauerte, und er drehte und drehte. Scheinbar funktionierte das nicht so wie erwartet. Nun sprach er aber zu einem Unsichtbaren. Wolfram flüsterte mir zu, dass der Soldat wohl mit jemandem telefoniert, um sich die Bestätigung zu holen, dass alles so stimmt, wie auf dem Zettel steht. Dann war er endlich fertig mit dem Telefonieren, und wir wurden entlassen. Dabei strich er uns beiden Kindern über die Köpfe, reichte Mutti höflich die Hand und gab uns noch den guten Rat, weiterhin vorsichtig zu sein, denn noch würden sich hier in diesem Gebiet mehrere Kontrollposten aufhalten, und er wisse nicht, wie die mit uns verfahren, wenn die uns schnappen sollten. Nun durften wir mit seinen guten Wünschen den verbotenen Landstreifen, das Niemandsland, weitergehen.

Somit hatten wir zwar im Augenblick eine wichtige Hürde genommen, jedoch setzten wir unseren Marsch recht beklommen fort.

Mir war natürlich nicht bewusst, auf welch dünnem Eis wir uns bewegten und ließ auch keine Vorsicht walten. Ich lief wieder einmal mit meiner Klapperkiste vor, und als dann auch noch eine Tüte, die auf der Karre lag, aufplatzte und aus dieser Salz herausrieselte und auf der Straße eine weiße Linie markierte, fand ich das sehr lustig und rief laut – mir zur Freude, aber Mutti in Furcht versetzend:

„Salz zu verkaufen! Leute, kommt und kauft Salz! Salz zu verkaufen!"

Aber es ging alles gut. Einmal überholte uns sogar ein Motorrad, auf dem ein Soldat mit einem geschulterten Gewehr saß, aber der nahm von uns keine Notiz und fuhr an uns vorbei, als seien wir Luft.

Als wir dann endlich Mecklenburg erreichten, fühlte Mutti sich wieder sicher. Wir stiegen in einen Zug und fuhren endgültig in Richtung „Neu-Zuhause".

Das war im Juni 1947. Nach zwei Jahren und drei Monaten war ich wieder bei meiner richtigen Familie.

Kapitel 25

Natürlich war alles neu für mich, nicht nur Land, Menschen und Umgebung, sondern auch die Gewohnheiten, die Tagesabläufe im Zusammenleben mit Mutti und Wolfram.

Ich hatte jedoch bereits mehrmals solche Umstellungen überstanden, war es also schon gewohnt, mich neuen Situationen anzupassen - und das sogar fast im Selbstlauf. Diesmal unterstützten mich Mutti und Wolfram tatkräftig dabei. Sie versuchten, mir die Eingewöhnungsphase durch ihr liebevolles Eingehen auf mich so angenehm und reibungslos wie möglich zu machen.

Es lief wirklich alles gut. Alles? Ich denke, es gab auch Situationen, die ich mit einem Nein beantworten muss. Es geschah zwar nichts Dramatisches, aber meiner angegriffenen Kinderseele wäre eine kleine Pflege bestimmt gut bekommen. Dafür bot jedoch unser Leben in jener Zeit keinen Spielraum. Uns plagten ganz andere Sorgen, die darin bestanden, dass wir mit Wenigem auskommen mussten, mit Kleidung, Möbeln, Wäsche, Geld, Esswaren usw.

Hatten wir während unserer entbehrungsreichen Kriegsreise und danach – jeder in seinem Umfeld – bis zur Schmerzgrenze erfahren müssen, was Hunger bedeutet, war er auch in der Nachkriegszeit unser ständiger Gast. Ich weiß aber, Bruder Schmalhans hatte sich auch in anderen Familien eingenistet, hauptsächlich in solchen, die zuvor Flucht oder/und Vertreibung erlebten. Überall hungerten und darbten die Leute. Ich weiß sogar von Nachbarn in unserer Straße, die drei Häuser weiter wohnten, die freilaufende Katzen aufgriffen und erschlugen, um diese dann in den Kochtopf zu stecken. Diese Leute waren bei uns Kindern als „Katzenfresserfamilie" verschrien. Eine andere Familie quälte einmal einen Hund. Sie schlugen immer wieder mit großen Knüppeln auf das arme Tier ein, um es für den Kochtopf vorzubereiten.

Wer dieses heute hier liest, rümpft wahrscheinlich angeekelt die Nase. Aber so geht es in Notzeiten zu. Alle, die nach dem Krieg geboren und aufgewachsen sind, können sich absolut kein Bild machen, was unter Not und Elend wirklich zu verstehen ist und denken womöglich noch, irgendwo wird schon irgendwer sein, der weiterhilft und irgendjemand wäre sogar dazu verpflichtet.

Wir erlebten jedoch die Kehrseite. Es gab kaum etwas zu kaufen. Die wichtigsten Dinge des täglichen Bedarfs bekamen wir nur auf Zuteilung. Da denke ich in diesem Zusammenhang besonders an die Lebensmittelkarten, die Abschnitte für Fett, Zucker, Mehl, Brot, Fleischwaren enthielten, auch an die Bezugsscheine für Schuhe, Bekleidung und andere Textilien, auch an die Einkellerungskartoffel- und Kohlekarten.

Diese Zuteilung, die pro Person und auch noch unterteilt war, ob es sich um Erwachsene oder Kinder handelte, reichte weder hinten noch vorn. Dazu kam dann noch die Geldknappheit. Mehr als einmal machten wir die Erfahrung, dass gerade dann das Geld fehlte, wenn der Handel Lebenswichtiges für diese Marken anbot.

Ich erkannte auch bald, dass die Familien, in denen es beide Elternteile gab, uns gegenüber sehr im Vorteil waren. Während die bereits aus dem Krieg oder auch der Gefangenschaft heimgekehrten Väter arbeiten gingen und so das Geld für die Familien verdienten, kümmerten sich die Mütter meist um das interne Familienleben.

Bei uns war das anders, bei uns war unsere Mutti Vater und Mutter zugleich. Sie musste alles allein bewerkstelligen und auch jede Entscheidung mit sich selbst ausmachen. Sie hatte keinen Ehemann oder anderen Verwandten, der ihr mit Rat und Tat zur Seite stand, sie hatte nur Wolfram und mich. Mit meinem Bruder beriet sie so manches Problem, jedoch kann ich mir gut vorstellen, nicht jede Thematik war für einen großen Jungen geeignet.

Während ich das gerade hier schreibe, fällt mir ein Vergleich ein, und zwar mit der Generation meiner Großeltern, also Muttis Eltern. Ihr Vater zog 1914 in den 1. Weltkrieg. Da war Mutti vier Jahre alt. Zwei

Jahre später hatte sie schon keinen Vater mehr, denn er war im Kampf gefallen.

Unsere Oma verlor also den Ehemann, und nun, in einer Generation später, fehlte wieder der Mann im Haus. Hat sich hier etwa das Schicksal wiederholt? Mutti wuchs ohne Vater auf, und auch wir kannten nicht das Zusammenleben mit einem Papa.

Ironie des Schicksals!

Schon im und nach dem 1. Weltkrieg kämpften viele Menschen gegen den Hunger. Dazu gehörte auch Mutti, die damals noch ein Kind war. Wenige Jahrzehnte später betraf es sie nun wieder. Da war sie wieder dabei, diesmal als Mutter von heranwachsenden Kindern.

Obwohl bei uns die fehlende Unterstützung eines Vaters überall zu spüren war, es auch keine Nachricht und keine Spur von ihm gab, ob er überhaupt noch lebte, ging das Leben weiter. Notgedrungen mussten wir auf viele Dinge verzichten, sahen aber optimistisch in die Zukunft, auch wenn dabei der Magen knurrte. Not macht erfinderisch, sagt ein altes Sprichwort. Ja, wir suchten und fanden ständig neue Ideen und Wege, über die Runden zu kommen. Was haben wir nicht alles in diesen Jahren getan, um den schlimmsten Hunger zu besiegen! Das hatte ich schon bei Tante Jette erlebt, und jetzt bei Mutti ging das weiter.

Schon bei Tante Jette sammelten wir, weil nichts anderes da war, Brennnesselblätter, aus denen Suppen oder Salate gemacht wurden. Oma Minna kochte auch Suppe aus Sauerampfer, und wir knabberten am Hirtentäschelkraut. Satt wurden wir nicht davon, aber der Magen hatte etwas zu tun. Diese und andere Kräuter gingen wir regelmäßig sammeln und verwendeten sie für unsere Nahrung. Ich kannte mich recht gut auch mit Löwenzahn, Spitz- und Breitwegerich aus. Die beiden zuletzt genannten Pflanzen nutzten wir in erster Linie zwar nicht für die Nahrung. Sie dienten uns vielmehr als Ersatz für Pflaster, zum Abdecken von kleinen Wunden.

Auch bei Mutti kam damals auf den Tisch, was heutzutage unvorstellbar ist. Der Hunger erforderte jedoch Kreativität, und wir ließen uns vieles einfallen, auch wenn damit viel mühselige Arbeit verbunden war. Ein Beispiel dafür ist das Mehl, das wir uns manchmal selbst herstellten. Das ging so:

Zunächst hieß es Getreideähren sammeln. In unserer Nachbarschaft war ein kleines Getreidefeld, das einem Ackerbürger gehörte. In jenem Jahr, meinem ersten Jahr im neuen Zuhause, wuchs dort Weizen. Als das reife Getreide von seinem Besitzer abgeerntet war, wandte er nichts dagegen ein, wenn danach Leute über sein Feld liefen und liegengebliebene Ähren für den Eigenverbrauch auflasen.

So gingen auch Wolfram und ich dorthin und versuchten unser Glück. Ja, tatsächlich, wir fanden sogar einige Weizenähren. Sie lagen noch auf dem Stoppelfeld und schienen auf uns zu warten. Wir sammelten sie in einem kleinen Kissenbezug, der von einem alten Sofakissen stammte. Zu Hause nähte Mutti den Bezug zu. Mit einem kräftigen Stock, den wir uns schon im Vorfeld besorgt hatten, droschen wir draußen auf dem Hof abwechselnd auf das Kissen ein, damit die Körner aus den Ähren fielen. Nachdem wir uns dann an dem Anblick der paar Körner erfreuten, pulten wir noch die Spelzen heraus, um im wahrsten Sinne des Wortes die Spreu vom Weizen zu trennen. Mit einer Kaffeemühle, die Mutti auf dem Boden entdeckte, wurden die Körner gemahlen. Fertig war das Mehl, und es half uns, auch wenn es nur für eine Mahlzeit mit einer Klunkersuppe reichte, wieder ein Stückchen weiter.

Eines Tages, da hatte ich gerade wieder die Kaffeemühle zwischen die Knie geklemmt, um aus Getreidekörnern Mehl zu mahlen. Mutti briet inzwischen Fleisch. Prima, doch eine gute Mahlzeit, könnte man jetzt meinen. Nein, war es aber nicht, es war lediglich reines fettes Fleisch, keine magere Faser daran. Aber Mutti war so stolz, dass sie beim Einkaufen dieses Stückchen Fleisch ergattert hatte. Als es ringsherum angebraten war und schön braun aussah, wollte sie mir etwas Gutes tun und mir eine Kostprobe, vielleicht auch eine Extraportion, zukommen lassen. Sie schnitt eine kleine Ecke vom Fleisch ab und versuchte, sie mir in den Mund zu schieben. Ich presste natürlich die Lippen aufeinander, denn ich mochte kein glubbriges, schwabbeliges Fleisch und wehrte mich, wahrscheinlich aber nicht genug, denn schwupp, hatte ich es im Mund. Aber schon beim ersten Kontakt von Zunge und Schwabbelfleisch fing ich zu würgen an, und mein Inneres rebellierte. Ich kam gar nicht erst in die Verlegenheit, kauen und schlucken zu müssen, da sich mein Magen mit einem Ruck vollständig entleerte, natürlich genau auf die Kaffeemühle, so dass ich damit auch das kostbare Mehl verdarb.

Das war sehr ärgerlich, jedoch - was soll ich sagen? Mutti zwang mir nie wieder eine „Leckerei" gegen meinen Willen auf. Ich muss jedoch anerkennen, sie meinte es damals wirklich nur gut mit mir, doch waren mir trockenes Brot mit Salz und Zucker bestreut oder auch eine Wassergrießsuppe viel, viel lieber. So etwas schmeckte mir sogar besonders gut.

Eigentlich verwundert es mich heute überhaupt nicht, wenn der Hausarzt uns allen eine Unterernährung bescheinigte. Aber was sollten wir machen?

Gute frischgemolkene Kuhmilch besorgen, sagte der Arzt. Ja, Wolfram, sollte auf Grund seiner nicht gerade guten körperlichen Verfassung wenigstens gute sahnige Milch trinken. Die gab es natürlich nicht im Molkereigeschäft. Da kauften wir öfter Magermilch und Molke, selten die teurere Vollmilch. Für vernünftige Kuhmilch, bei der noch nicht Rahm und Sahne abgeschöpft waren, handelte Mutti bei einem Ackerbürger aus, ab und zu ihm ein wenig Milch abkaufen zu dürfen. Meist war es dann meine Aufgabe, mit einer Milchkanne, in die ein Liter hineinpasste, dort hinzugehen und die Milchmedizin zu holen. Da mir der Weg allerdings immer sehr langweilig erschien, machte ich unterwegs mit der Milchkanne, die keinen Deckel hatte, akrobatische Übungen, indem ich die Kanne, egal ob mit oder ohne Milch, mit ausgestrecktem Arm, mal mit dem rechten, mal mit dem linken, kreisförmig durch die Luft schleuderte. Ich freute mich, wenn die Milch Karussell fuhr, und ich war stolz, dass ich dabei auch kein Tröpfchen verschüttete. Ich durfte mich nur nicht von Mutti erwischen lassen. Dann hätte es bestimmt großen Ärger gegeben.

Den gab es aber an einem anderen Tag. Ich erinnere mich, dass mein Bruder einen fürchterlichen Krach auslöste. Er bekam von Mutti den Auftrag, mit einem Geldschein und einem Einkaufsnetz ausgerüstet zum Gemüsehändler zu gehen, um Kartoffeln für die nächste Mahlzeit einzukaufen. Wolfram ging los und kam auch bald vom Einkaufen zurück, allerdings ohne Kartoffeln. Er hatte das Geld für etwas anderes ausgegeben – für einen Wecker. Klar, wir brauchten dringend eine Uhr, weil wir bisher keine hatten. In jenem Moment war Mutti aber sehr wütend auf den Sohn, der eigenmächtig gehandelt hatte. Was sollte sie denn nun kochen?

Ich wurde auch sehr oft zum Einholen geschickt, mal zum Bäcker, mal zum Fleischer oder zum Gemüse-händler oder auch zum Kaufmann. Das war für mich eigentlich keine nennenswerte Leistung und machte mir auch Spaß, der mir allerdings dann verging, wenn ich in den betreffenden Läden bis zu Muttis nächstem Gehaltstag, das war jeweils der 17. des Monats, an-schreiben lassen sollte. Das war mir immer sehr pein-lich, und ich zog ganz schön den Kopf ein.

Mit der Zeit bekam ich dann mit, wir waren nicht die einzigen Leute, denen es so ging. Auch andere Leute ließen anschreiben. Das erkannte ich, leider nicht zu meiner Erleichterung, an dem dicken Buch, in das die Schuldner mit der entsprechenden Summe notiert wurden. Diese Praxis stammte wohl noch aus früheren Jahrzehnten und war gar nicht so ungewöhnlich; sie war gang und gäbe, zumindest bei den Flüchtlings- und Vertriebenenfamilien. Ich wusste aber, auch Mutti, der viel an einem geordneten Lebensstil lag, war bei dem Gedanken, mal wieder etwas anschreiben lassen zu müssen, nicht wohl zumute.

Was ich jedoch im Nachhinein an unserer Mutter be-wundere, ist die Tatsache, dass sie uns nie das Gefühl gab, wir wären anderen gegenüber benachteiligt, wir müssten uns verstecken, weil bei uns viele materielle Voraussetzungen im Alltag fehlten. Sie machte aus dem Vorhandenen stets das Beste und blickte dabei immer optimistisch nach vorn, war stolz auf Erreichtes, ruhte sich darauf nicht aus, sondern strebte gleich wieder nach Höherem und Besserem. Gleichzeitig spornte sie uns Kinder in ihrer zurückhaltenden Art an, ebenso zu denken und zu handeln. Ich frage mich immer wieder: Woher nahm Mutti nur die Kraft, die Ausdauer, den Mut?

Sie hatte so viel Leid über sich ergehen lassen müssen, jedoch die Forderungen des Alltags ließen ihr weder Zeit noch Raum, in Ruhe über Verluste, Verstorbene und Vermisste ihrer Lieben zu trauern. Wie stark muss ein Mensch sein, um das alles zu ertragen? Ja, unsere Mutter war eine ganz starke Persönlichkeit.

Als wir in der Familie einmal über dieses Thema sprachen, fasste mein Schwager Schorsch seine Gedanken in folgendem Satz zusammen:

Muttis Leben möchte ich nicht gelebt haben.

Ich finde, dieser Ausspruch sagt alles.

Ja, Mutti ging uns immer mit gutem Beispiel voran, sei es in der Haus- oder in der beruflichen Arbeit oder bei der ständigen Suche nach unseren vermissten Angehörigen.

In diesem Sinne lief bei uns das Leben ab. Als ich 1947 in unsere Familie zurückkehrte, lernte ich relativ schnell, was Mutti von mir erwartete und mich diesen neuen Anforderungen zu stellen.

Kapitel 26

In den ersten Wochen, als Wolfram dann auch noch Schulferien hatte, kümmerte er sich als großer Bruder sehr um mich. Wir verbrachten viel Zeit miteinander. So spielten und bastelten wir zusammen, gingen oft spazieren, er spielte mir auf einer Mundharmonika bekannte und unbekannte Lieder vor und stellte aus Zeitungspapier und Kleister Puppenköpfe her, aus denen letztendlich Kasperpuppen wurden. Er war mir ein guter großer Bruder, den ich auch für seine Mal- und Zeichenkunst bewunderte.

Mutti ging den ganzen Tag arbeiten. Schon um 6.30 Uhr verließ sie früh unsere Wohnung und hatte gewöhnlich erst gegen 17 Uhr Feierabend. Dazwischen war noch eine einstündige Mittagspause, in der sie auch noch die zwei Kilometer pro Weg nach Hause auf sich nahm. Da wir ja keinen Vater hatten, der das Geld für die Familie heranschaffte, musste sie das tun. Das tat sie auch, und zwar gut und gern, achtundvierzig Stunden die Woche, verteilt auf sechs Tage. Kam sie dann vom Dienst nach Hause, war sie ganz Mutter und Hausfrau und widmete sich ausschließlich uns Kindern und dem Haushalt. Dennoch konnte so manches Mal der Tag bis zu ihrem Feierabend für mich in dieser neuen Umgebung unendlich lang sein.

Da Wolfram auch noch ein Eigenleben mit den Schulfreunden und seinen Verpflichtungen hatte, war es so, dass ich oft viele Stunden des Tages allein war, also ohne Bruder und Mutti. So kam es, dass ich viele Freiheiten hatte. Eine Spielfreundin fand ich immer. Schon allein in unserem Haus gab es mehrere Kinder in verschiedenen Altersgruppen, unter anderem auch ein Mädchen von Vertriebenen aus dem Sudetenland. Es hieß Christine. Mit Tine erkundete ich in diesem heißen Sommer die nähere Umgebung. Ich erinnere mich noch ganz genau daran, wie wir beide fast täglich zum See, der nur wenige Minuten von unserem Wohnhaus entfernt war, tippelten, um in der Badeanstalt auf der Wiese zu spielen oder im Wasser zu platschen, so viel und so lange wir wollten. Das ging alles ohne Beaufsichtigung. Mutti war zwar sehr um mich besorgt, dass mir etwas passieren könnte, aber sie bekam es ja nicht immer mit, wenn wir uns wieder im erfrischenden Nass tummelten. Bis sie von der Arbeit nach Hause kam, war alles an mir längst wieder getrocknet, und damit waren auch alle Spuren verwischt.

Ansonsten gab es viel Neues in unserer Wohngegend zu entdecken und irgendeine Wiese, ein Abhang oder Platz fand sich immer, um Handstand zu üben, Purzelbäume zu schießen, Seil zu springen, Hopse, Ball oder mit Murmeln zu spielen. Ich gewöhnte mich an meine Freiheit, sie gefiel mir zunehmend mehr und ich genoss sie sehr.

Für Mutti war es nicht so einfach, mich tagsüber allein zu lassen. Kam sie abends vom Dienst nach Hause, gesellte ich mich dann aber meist an ihre Seite.

Obwohl sie kaum freie Zeit hatte, beschäftigte sie sich mit Wolfram und mit mir. Wir drei spielten zu Hause Karten, am Sonntag ging es, wenn das Wetter es zuließ, raus in die wunderschöne Umgebung unserer Stadt, und abends erzählte mir Mutti regelmäßig Geschichten aus ihrer Kindheit oder auch die Märchen der Gebrüder Grimm. Als ich dann alle zig Male gehört hatte, bettelte ich, Mutti möge sich doch nun Märchen ausdenken. Das waren unsere sogenannten Schummelmärchen, und die waren sehr, sehr gut. Schade, dass wir sie nie aufgeschrieben hatten! Mutti wäre für die bekannten Märchenerzähler damit eine große Konkurrenz gewesen.

Wir hatten dann eines Tages Glück und erhielten ein Minifeldstück zugewiesen, natürlich auf Antrag und nach längerer Wartezeit. Dort versuchten wir es mit dem Anbau von Gemüse für den Eigenbedarf. Mit viel Elan zogen wir nach Muttis Feierabenden und an den Sonntagen zu dem Ackerland, das weit draußen vor der Stadt lag. Die Beetfläche, die wir mit einem Bindfaden abgrenzten, war allerdings so klein, dass Wolfram mit seinen langen Beinen ohne Anstrengung bequem darüber steigen konnte.

Dennoch waren wir froh, dieses Stückchen Land bearbeiten zu dürfen. Wir bauten Möhren, Erbsen, Bohnen, Radieschen an und nutzten die Puppenkarre, die ich aus Itzehoe mitgebracht hatte, um das Arbeitsgerät sowie unsere Ernte damit zu transportieren.

Im Jahr darauf stand uns dann dieses Ackerland nicht mehr zu, aber wir erhielten auf der entgegengesetzten Seite der Stadt, auch wieder außerhalb, ein vergleichbares Feldstück zugewiesen, gleich am Wald, an dessen Rand auch noch einige wohlschmeckende Walderdbeeren wuchsen.

Dann verheizten wir allerdings im folgenden Winter aus Mangel an Brennstoffen das klapprige Fahrzeug, an dem ich eigentlich bisher nur noch hing, weil es mich an Tante Jette erinnerte. Damit war dann für uns die Ackerfrage nach zwei Jahren auch erledigt.

Ja, so gab es für mich stets etwas Neues zu entdecken, etwas Interessantes, etwas Aufregendes. Ich erlebte schöne abwechslungsreiche Tage.

Mutti ließ es sich zwar nicht anmerken, aber für sie muss das karge Leben wirklich eine Schinderei gewesen sein.

Kapitel 27

Am Ende des ersten Sommers in meinem neuen Zuhause, etwa nach acht Wochen, gab es für mich wieder ein wichtiges Ereignis:

Ich wurde ABC-Schütze, diesmal aber wirklich, ohne wieder aussteigen zu müssen wie schon nach meiner Einschulung zu Ostern in Itzehoe, allerdings auch ohne Aussicht auf eine Grießsuppe von den englischen Soldaten.

Mein Eintritt in die Schule musste in zweierlei Hinsicht sorgfältig vorbereitet werden. Mit dem ersten Punkt hatte ich im Vorfeld nichts zu tun, das erledigte Wolfram, mein Bruder: Er bastelte mir eine Schultüte. Dass diese dann an meinem ersten Schultag zum größten Teil mit Papier ausgestopft war, war ja von außen nicht zu erkennen.

Der zweite Punkt war da schon aufwändiger, zumindest für mich. Wollte ich künftig jeden Tag pünktlich zum Unterricht kommen, musste ich die Uhr kennen. Es war ja keiner da, der mich rechtzeitig losschicken könnte. Mutti war, wenn ich mich auf den Schulweg begeben musste, längst zum Dienst, und Wolframs Unterrichtsbeginn stimmte nur äußerst selten mit meinem überein. Also musste ich lernen, die Uhrzeiten richtig abzulesen. Das war aber noch zu einem Zeitpunkt, als wir noch keine Uhr hatten, bei der man etwas ablesen konnte. Wolframs Einkauf, bei dem er statt Kartoffeln einen Wecker nach Hause brachte, war leider erst später. Was nun?

In unserem Zimmer hatten wir an der einen Wand einen Sims. Auf diesem stand ein äußerlich sehr hübsches Uhrenmodell, ein Wecker mit einem viereckigen Marmorgehäuse, zurückgelassen von unseren Vormietern. Dieser Gegenstand war aber leider nur zum Angucken. Berührte man ihn, zerfiel er in viele Teile. Das Uhrwerk, der wichtigere Teil, war auch dahin. Wolfram, unser Mann im Haus, der gern tüftelte und sich auch oft unserer kaputten Gegenstände im Haushalt annahm, versuchte zwar noch, den Wecker zu reparieren, aber es war leider vergebliche Liebesmühe. Da sich aber die Zeiger ohne weiteres durch Drehen der Schrauben auf der Rückseite wenigstens bewegen ließen, brachte mir Mutti dennoch mithilfe dieser kaputten Uhr und mit einem von meinem Bruder aus Papier und Pappe angefertigten Modell das Ablesen der Uhrzeiten bei. Sobald ich dieses Geheimnis mit der Uhr begriffen hatte, machten mich Wolfram und Mutti auf eine Uhr in der Nachbarschaft aufmerksam. Ich brauchte künftig nur noch die Treppe in dem Haus, in dem wir wohnten, hinabzusteigen, dann das Haus zu verlassen und - auch bei Regenwetter – etwa dreißig Meter weiterzugehen. Wenn ich dann um die Ecke blickte, sah ich von weitem die Bahnhofsuhr. Ganz einfach für ein sechsjähriges Kind - oder? Aber es klappte.

Mit der Zeit gewöhnte ich mir außerdem an, auf die Züge zu achten, die regelmäßig hier vorbeifuhren, Güter- und Personenzüge. Wenn wir schon in der Nähe eines Bahnhofes wohnten, war es nur natürlich, solche kleinen Hilfsmittelchen auch zu nutzen.

Ja, dann war ich ein Schulkind. Wer konnte, sollte eine Schiefertafel und einen Griffelkasten mit Griffeln im Ranzen haben – hatte ich natürlich nicht. Ich war froh, wenigstens einen Ranzen zu haben, Wolframs Ranzen, der die gesamte Flucht überstanden hatte. Mutti gab mir neben gekauften Heften noch Papier aus ihrem Betrieb mit, Papier, das sie vor dem Papierkorb rettete. Diese Bögen waren zwar oft von beiden Seiten beschriftet, aber es fand sich immer noch eine Lücke für meine Schreib- und Malübungen.

Während also die meisten Kinder der Klasse auf der Tafel, die noch aus alten Zeiten in ihrer Familie war, und mit dem Griffel schrieben, gehörte ich beim Schuljahresanfang zu den wenigen Ausnahmen, die mit Bleistift und Papier arbeiteten. Mir machte das gar nichts aus, ich sah darin überhaupt keinen Nachteil. Ich ging auch gern zur Schule, das Lernen machte Spaß.

Frau Bilke, meine Klassenlehrerin in den ersten drei Schuljahren, auch eine Flüchtlingsfrau aus Ostpreußen, hatte gerade die Befähigung zum Unterrichten in einem Kurzlehrgang von sechs Wochen erworben. Sie führte nun gleich zwei Parallelklassen mit Lernanfängern. Die Schüler einer Klasse kamen am frühen Morgen, die Kinder der anderen Klasse danach zum Unterricht. Das war dann der späte Vormittag oder auch bereits der Nachmittag. Für mich war das sehr günstig. Da ich zu Hause sowieso allein gewesen wäre, fragte ich Frau Bilke oftmals, ob ich mich auch noch in den Unterrichtsstunden der anderen Klasse dort aufhalten dürfte. Sie gab mir nie ein Nein zur Antwort, und so verbrachte ich so einige Zusatzstunden in der Schule, in denen ich meist meine Hausaufgaben für den nächsten Tag anfertigte. Mutti ließ es sich aber nicht nehmen, sich meine Arbeiten täglich anzusehen. Ohnedem ging es nicht.

Bald fühlte ich mich in beiden Klassen von Frau Bilke wohl. Von Vorteil war es zudem noch, ich hatte im Vergleich zu den anderen Kindern doppelt so viele Mitschüler, die alle über das ganze Stadtgebiet verteilt wohnten. Dadurch lernte ich auch schnell die gesamte Stadt mit allen ihren Straßen kennen. Wenn wir Kinder uns auch nicht gegenseitig in den Wohnungen besuchten, das war wegen der allgemeinen engen Wohnverhältnisse undenkbar, holten wir uns doch gegenseitig zum Spielen ab und stromerten gemeinsam durch die Gegend.

Auch wenn mich Frau Bilke eigentlich gut leiden konnte, das denke ich jedenfalls, verpasste sie mir einmal eine Ohrfeige - wegen Schwatzen im Unterricht. Das war aber nichts Dramatisches, damals eine gängige Maßnahme, um die kein Gezeter gemacht wurde.

Ach so, am Ende des ersten Schuljahres, als es eigentlich nicht mehr notwendig war, kam ich doch noch zu einer Schiefertafel. Meine Lehrerin wollte mir damit eine Freude bereiten, als sie mich am Krankenbett besuchte.

Kapitel 28

Im Frühjahr 1948, ungefähr zu Ostern, musste ich mit einer Blinddarmentzündung ins Krankenhaus. Kaum war ich operiert, da wurde auch Mutti in die gleiche Klinik eingeliefert, und zwar mit einer Lungenentzündung. Nun lagen wir beide in unseren Krankenzimmern, ich bei den Kindern, Mutti bei den Erwachsenen, jedoch Kopf an Kopf. Uns trennte nur die Wand zwischen den beiden Räumen. Das war sehr praktisch, denn ich durfte Mutti jederzeit besuchen. Da zudem das Essen regelmäßig und schmackhaft ans Bett geliefert wurde, ging es mir richtig gut.

Wenn nur meine OP-Wunde nicht gewesen wäre, die der Arzt geklammert hatte! Als er nämlich die u-förmigen Klammern entfernte, waren diese bereits eingewachsen, und die Wunde war nach der sehr schmerzhaften Prozedur wieder offen.

Dafür entschädigte mich dann der Arzt, der übrigens unser Hausarzt war, und er, ebenso wie die anderen praktizierenden Ärzte der Stadt über eine bestimmte Anzahl von Klinikbetten verfügte und er demzufolge über diese Bettenvergabe die Macht hatte, dass ich meinen dortigen Aufenthalt so lange verlängern könne, bis Mutti auch entlassen wird. So war ich immerhin mehrere Wochen dort und hatte viele Tage das Glück, bei regelmäßiger Krankenhauskost mich in Muttis Nähe aufzuhalten.

In dieser langen Zeit kam mich dann eines Tages meine Lehrerin besuchen. Sie brachte für mich auch noch ein paar Geschenke mit, die ihr meine Mitschüler mitgegeben hatten: abgekochte Eier und – kaum zu glauben – fünf Schiefertafeln. Meine Freude darüber war sehr groß, besonders als ich wieder zur Schule ging und aus meinem Ranzen, wie bei den anderen Kindern, zwei lange Bänder baumelten: An einem war ein Läppchen und am anderen ein Schwamm angebunden. Diese Hilfsmittel brauchte ich ja, um Geschriebenes wieder von der Tafel abwischen zu können.

Dass ich nicht alle fünf Tafeln behielt, versteht sich wohl von selbst. Die ich nicht brauchte, verwendete Frau Bilke im Schuljahr darauf für andere Kinder.

Für unseren Hausarzt war der Fall aber noch nicht abgeschlossen. Vielleicht wollte er bei mir etwas gutmachen, jedenfalls schickte er mich im Sommer nach Kühlungsborn zu einer mehrwöchigen Erholung. Ich glaube jedoch, dass ich gar nicht so erfreut darüber war, denn das bedeutete eine erneute Trennung von der Familie, die ich dann aber doch ohne Heimwehklagen, wie ich sie bei anderen Kindern beobachtete, überstand.

Von diesem Aufenthalt an der Ostsee nahm ich zwei Andenken mit nach Hause, erstens ein aufgeschlagenes Knie, das monatelang eiterte, weil ich meinen Sturz von der Mauer an der Strandpromenade vor den

Tanten des Kinderheimes vertuschen wollte und die Wunde am Knie heimlich mit Wasser abgewaschen hatte. Dafür musste ich dann anschließend den ganzen Sommer über unseren Arzt aufsuchen, der sich um mein lädiertes Knie kümmerte.

Mit dem zweiten Andenken wollte ich Mutti und Wolfram eine Freude bereiten. Mir hatte es der weiße Sand am Ostseestrand so sehr angetan, dass ich für die beiden den Kopfkissenbezug, der ja sowieso Bestandteil der Bettwäsche war, die ich dorthin mitzubringen hatte, zur Hälfte mit weißem Sand vom Strand füllte. Mein Koffer war demzufolge unheimlich schwer, allein konnte ich ihn nicht bewegen. Als mich Wolfram vom Bahnhof abholte und den Koffer anhob, fragte er mich, ob ich aus Kühlungsborn Steine mitbringe. Über mein Mitbringsel waren Mutti und Wolfram sehr erstaunt und lachten dann aus vollem Halse.

Ja, so gingen die Monate dahin. Ich hatte mich inzwischen an den Alltagsrhythmus in unserer Familie gewöhnt, an die herrschenden Sitten und Gebräuche. Auch die sprachlichen grammatischen Schnitzer, die ich von dem unfreiwilligen Ausflug unserer Fluchtreise als Souvenir mitgebracht hatte und die mehr oder weniger zur Belustigung innerhalb der Familie herhielten, waren überwunden.

Aber es gab auch Dinge, die mir nicht ganz geheuer waren. Ich hatte Probleme mit der Anrede „Mama". Ich erinnere mich noch genau daran, wie ich mir als

Schulkind zu albern, zu erwachsen vorkam, mich immer noch der Kleinkindersprache zu bedienen. Es fühlte sich komisch an, immer noch „Mama" zu sagen. Wolfram sprach nicht so, und sagte statt „Mama" „Mutti". Wie andere Kinder ihre Mutter anredeten, weiß ich nicht, war mir auch gleichgültig. Jedenfalls, das musste bei uns geändert werden. Aber wie?

Eines Tages, da holte ich Mama abends vom Dienst ab, so wie ich das öfter machte, mal mit Wolfram, mal auch allein. Sie freute sich immer sehr darüber, dass sie dann ihren Heimweg in Begleitung antreten konnte. Als wir beide dann zusammen durch die Straßen gingen, nahm ich all meinen Mut zusammen, um die Frage zu stellen, die mir wirklich nicht leichtfiel. Ich wollte Mutti auf keinen Fall traurig machen oder sie gar verärgern und fragte sie, ob ich sie künftig nicht mehr mit „Mama", sondern auch mit „Mutti" anreden darf. Ja, ich durfte, und sie war auch gar nicht traurig oder ärgerlich. Das Problem war also gelöst.

Dafür gelang es an einem anderen Tag, mir ihren Zorn zuzuziehen, der mir sogar eine Tracht Prügel von Mutti einbrachte. Ich fand das allerdings sehr ungerecht, was da ablief. Tante Jette hatte an mich, ja, an *mich* ein Päckchen geschickt. Da das in den Wochen vor Weihnachten war, nahm Mutti an, dass es ein Weihnachtsgeschenk für mich sei. Natürlich war ich demzufolge nun sehr neugierig, was es wohl sein könnte und freute mich schon im Vorfeld über die

Überraschung. Doch bevor Mutti das Päckchen öffnete, schickte sie mich aus der Stube raus. Das war mir gar nicht recht und ich weigerte mich, das Zimmer zu verlassen. Ich wurde nochmal aufgefordert, das zu tun, was sie von mir verlangte, und wieder widersetzte ich mich. Ich wurde richtig bockig. Da riss bei Mutti der Geduldsfaden, und ich wurde ordentlich versohlt. Ja, das war das Ende vom Lied, ich hatte dieses Spielchen verloren, heulte fürchterlich und sehnte mich sehr nach Tante Jette. Schließlich war es *meine* Tante Jette, die an mich dachte und mir etwas Gutes tun wollte. Warum durfte ich dann nicht sehen und wissen, was es war?

Ich musste bis Weihnachten warten, um es zu erfahren. Es war ein wunderschöner Gummiball, etwa so groß wie ein Kohlkopf. Er glänzte in einem leuchtenden Rot und hatte zwei wunderschöne Katzenmotive, eine Katze mit einer blauen, die andere mit einer weißen Schleife um den Hals. Ich war ganz stolz auf diesen, auf meinen Ball. Keiner meiner Spielgefährten hatte solch einen auffällig schönen Gummiball.

Ja, es kam hin und wieder schon vor, dass ich Sehnsucht nach Tante Jette hatte, und zwar meist dann, wenn ich mich von Mutti falsch verstanden und ungerecht behandelt fühlte. Aber auch mein Papa fehlte mir, der bestimmt einige Situationen anders geklärt hätte, natürlich zu meinen Gunsten. So bildete ich es mir zumindest ein. Aber solche und ähnliche Gedanken als Kind, wer kennt sie nicht?

Kapitel 29

Wenn ich gerade dabei bin, meine Gedanken Revue passieren zu lassen, dann kann ich rückwirkend behaupten, dass meine Eingewöhnungsphase in der Familie eigentlich ohne nennenswerte Schwierigkeiten verlief. Es war alles im normalen Bereich, wenngleich ich mir aber nie ganz sicher war, ob nicht schon bald wieder eine vertraute Person plötzlich aus meinem Umfeld verschwindet. Diese Unsicherheit blieb mir erhalten.

Auch Mutti machte einen zufriedenen Eindruck, es lief ja eigentlich alles reibungslos. Ihre berufliche Arbeit machte ihr Spaß, und im Kollegenkreis wurde sie sehr geschätzt. Kam sie nach Dienstschluss nach Hause, fand ich mich auch vom Spielen ein und half ihr im Haushalt. Dafür nahm sich Mutti dann sonntags die Zeit, mit uns, also mit Wolfram und mit mir, Spaziergänge in die Umgebung der Stadt zu unternehmen.

Es war also alles gut – oder? Nein! Ich weiß es hundertprozentig, für Mutti auf jeden Fall nicht. Sie hatte zwar auf der Suche nach ihren im Krieg vermissten Angehörigen einen Teilerfolg errungen; sie hatte mich gefunden und nach Hause geholt. Aber da waren ja noch mehr Familienmitglieder, die verschollen waren.

Von Tante Jette hatte sie schon beim ersten Briefkontakt von Brittas Tod erfahren. Ihre älteste Tochter würde sie also nie mehr wiedersehen. Das war eine bittere Erkenntnis, die sehr schmerzte. Britta war tot.

Es gab aber hierüber nicht einmal einen schriftlichen Nachweis, einen Totenschein. Lediglich ein kleiner Zettel, ein formloses Blatt, blieb im Nachhinein von der Existenz dieses Kindes übrig, und dann auch noch von Mutti selbst textlich und handschriftlich verfasst, von Tante Jette unterschrieben und bei unserer letzten Rundtour durch Itzehoe im Juni 1947 von einem Notar beglaubigt. Das war alles, was von Britta blieb.

Dieses Mädchen, das so gelitten hatte und dann auch noch qualvoll sterben musste, bekam nicht einmal ein Grab – damals mitten in dem Kriegstumult. Tante Jette erzählte später einmal, selbst nicht in der Lage gewesen zu sein, das Kind zur letzten Ruhestätte zu begleiten. Mit dieser Tatsache fühlte sie sich überfordert. Das kann ich gut verstehen und nachvollziehen und erinnere nur daran, sie war zum Zeitpunkt von Brittas Tod ein neunzehnjähriges Mädchen.

Eine andere Frau aus der Flüchtlingsunterkunft hatte die kleine Kinderleiche in ein Tuch gewickelt und am Rande des Friedhofes auf die steinhart gefrorene Erde gelegt.

Trotz allem Kummer und Leid hierüber hatte Mutti aber über Brittas Schicksal Klarheit, und sie gab nicht auf, weiter nach den übrigen Vermissten der Familie zu suchen.

Kapitel 30

So erinnere ich mich ganz deutlich an einen Tag im Sommer 1949. Da holte ich Mutti wieder nach ihrem Dienstschluss vom Betrieb ab. Auf dem Nachhauseweg, der uns mitten durch die Stadt an vielen kleinen Geschäften vorbeiführte, gingen wir diesmal in die Buchhandlung, um eine besondere Zeitung, die neueste Ausgabe einer Suchzeitung, zu kaufen, die in regelmäßigen Abständen erschien; und heute war es wieder einmal so weit.

Solch eine Zeitung war stets voll mit Annoncen über Suchende und Gesuchte aus der Kriegszeit und von allen, die wie wir Familienangehörige suchten, sehr begehrt. Auf dem Mittelblatt waren Kinderbildnisse, etwa in Passgröße, gedruckt, und darunter waren ein paar Angaben zu den jeweilig abgebildeten Kindern.

Diese Zeitung war immer schnell vergriffen, aber wir hatten an jenem Tag wieder einmal Glück. Mit einem für uns wertvollen Exemplar verließen wir das Geschäft und gingen langsam los.

Noch während der ersten Schritte schlug Mutti bereits das Mittelblatt auf und überflog es mit einem Blick.

Plötzlich blieb sie wie angewurzelt stehen. Ich sah, wie sie ganz gebannt auf eine bestimmte Stelle der

Zeitung sah und ihr Blick sich nicht von dem, was sie dort entdeckte, lösen konnte.

Sie glaubte, in dem einen Foto von einem kleinen Mädchen tatsächlich ihre Tochter zu erkennen, ihre Tochter, die auf der Flucht als Baby verlorengegangen und seitdem verschwunden war.

Und nun dieses Bild in der Zeitung! Sollte das wirklich ihre Lilli, ihr jüngstes Kind, sein? Lebte Lilli also noch? Dieser Gedanke ließ sie fortan nicht mehr los und ihr ganzes Tun und Denken war nur noch auf dieses Kind gerichtet, sie sprach hauptsächlich nur noch von diesem Mädchen, von Lilli, ihrem jüngsten Kind.

Das übertrug sich natürlich auch auf Wolfram und mich, und wir erzählten uns gegenseitig kleine Erlebnisse, die wir mit Lilli hatten. Mir fielen zum Beispiel die vielen Spaziergänge an Muttis Seite, die den Kinderwagen schob, ein. Gemeinsam holten wir unsere beiden Großen, also Britta und Wolfram, von der Schule, dem roten Ziegelsteinbau, ab.

In meiner Vorstellung sah ich mich auch wieder auf der von hohen Rankenpflanzen umgebenden Gartenbank in unserem Gärtchen in Deutsch-Eylau sitzen, neben mir Mutti, die den Kinderwagen mit Lilli hin- und herschaukelte.

Ein weiterer Moment, an den ich in diesem Zusammenhang denke, ist ein ganz besonderer Morgen, den ich nie vergessen werde:

Ich liege noch in meinem Bett, auf der Chaise-longue, die im Schlafzimmer unserer Eltern steht, und sehe meine Mama mit dem Rücken am Ofen sitzen. Sie hält ein kleines Bündel in den Armen, unser Baby, das gerade seine nächste Mahlzeit zu sich nimmt.

Das Besondere dabei ist, neben mir im Bett liegt unsere Königsberger Oma, die unter meine Bettdecke geschlüpft war, um mir in dieser gemütlichen Morgenstunde das Märchen „Rotkäppchen und der Wolf" zu erzählen. Ich höre sie ganz deutlich sagen: „Aber Großmutter, warum hast du so ein entsetzlich großes Maul?" „Damit ich dich besser fressen kann."

Ich finde, ich kann froh sein, dass ich diese schöne Erinnerung an meine Oma aufbewahrt habe, und dann auch noch im Zusammenhang mit Lilli, mit der ich mich, überwältigt vom Auftauchen des Bildes in der Suchzeitung, nun wieder gedanklich verstärkt beschäftigte. Das verblüfft mich heute gar nicht, denn die Umstände in der Nacht, in der Baby Lilli geboren wurde, waren für mich einzigartig und gehören zu meinen frühesten Erinnerungen.

Kapitel 31

Ganz deutlich sehe ich vor mir, wie jemand im Zimmer die Deckenbeleuchtung ausschaltet. Wer das war? Vielleicht Oma, unsere Oma, die gerade zu Besuch war? Vielleicht auch Mamas Schwester, unsere Tante Ella? Egal, jedenfalls war es eine vertraute Person, die dann auch noch sagte:

„Schlaft gut, Kinder! Wenn ihr morgen früh aufwacht, gibt es wahrscheinlich schon eine riesengroße Überraschung, über die wir uns alle sehr freuen werden. Also bis morgen, ihr drei! Gute Nacht, Wolfram, Britta und Nena!"

Das mit dem Schlafen war viel einfacher gesagt als getan. Wir konnten nicht einschlafen, ich am allerwenigsten. Obwohl ich es mir ganz, ganz fest vornahm, wollte es mir einfach nicht gelingen. Dennoch, ich probierte es.

Augen zu! – Abwarten. – Nichts geschah, kein Schlafen. – Augen auf!

So ging es mehrere Male. Dann lag ich mit offenen Augen da, die sich langsam an die Dunkelheit gewöhnten. Ich erkannte bereits die Umrisse der Möbel im Zimmer, bedingt auch durch den Lichtschimmer, der von draußen durch die Fenster fiel und alles schwach ausleuchtete, so dass ich die einzelnen Dinge in meiner Umgebung gut ausmachen konnte.

Ich befand mich mit meinen beiden Geschwistern in unserem Wohnzimmer. Hier sollten wir die folgende Nacht zubringen und schlafen. Zwei Sessel waren zu einem Bett für mich zusammengeschoben. An allen Seiten, oben, unten, rechts und links, stieß ich an die Begrenzungen meines provisorischen Bettes. Mit einem Kopfkissen deckte ich mich zu. Diese Lagerstätte war sehr ungewöhnlich und komisch, ja, auch eng, aber sie gefiel mir. Neben den Sesseln stand die Couch. Auf der lag Britta, meine Schwester. Ich sah sie zwar nicht, aber ich wusste, dass sie da war.

An den Fußenden unserer „Betten" stand heute der große Esstisch, unter dem ein Feldbett aufgestellt war. Das war das Lager für Wolfram. Es machte ihm Spaß, sich hier verstecken zu können und kasperte ganz schön herum, so dass wir Mädchen kichern mussten. Immer wieder tauchte sein Kopf im Schatten der Nacht hinter dem Tisch auf, unter dem er eigentlich brav liegen sollte und machte spaßige Bemerkungen.

Wir waren also alle drei für eine Nacht aus unseren Betten ausquartiert worden, die beiden Großen aus dem Kinderzimmer und ich von der Chaiselongue im elterlichen Schlafzimmer. So etwas Aufregendes wie an diesem Abend kannte ich gar nicht, hatte ich vorher noch nicht erlebt.

Irgendwann muss ich wohl doch eingeschlafen sein, wurde jedoch bald von Wolframs Rumkaspern und Brittas Lachen wieder wach.

Da war aber noch mehr zu hören! Vom Korridor vernahm ich ein geschäftiges Treiben, mitunter seltsame Stimmen und Geräusche, durch die ich immer munterer wurde. Wer lief denn da so schnell hin und her? War das etwa Oma? Wenn ja, warum? Was war da nur los?

Es schien mir alles so geheimnisvoll in dieser nächtlichen Dunkelheit, die gar nicht ganz finster war.

Und dann – dann drang plötzlich ein lauter und langer Schrei aus dem Schlafzimmer zu uns herüber. Oder waren es mehrere Schreie? Das war doch Mama, die ich da hörte. Sie schrie und schrie immer wieder.

Inzwischen richtig wach, hob ich neugierig den Kopf und lauschte.

Auch Britta und Wolfram hatten sich aufgerichtet und flüsterten miteinander.

Da ging auch schon die Tür auf und wir drei wurden ermahnt - von wem, von Oma? -, uns hinzulegen und weiterzuschlafen.

Mir kam es in diesem Augenblick vor, als hätten wir drei etwas Verbotenes getan und wären gerade dabei erwischt worden. Ich hatte ein ziemlich schlechtes Gewissen. Kein Wunder, dass ich ganz schnell atmete und mein Herz wild pochte.

Da - wieder diese Schreie! Und dann? Stille. Nichts mehr. Geräuschlos hob ich den Kopf und lauschte wieder. Ich hatte Angst um Mama. Was war nur mit ihr? Warum dieses Schreien? Hatte sie Schmerzen? Warum half ihr denn keiner? Unser derzeitiger Besuch, unsere Oma und Tante Ella, konnten die nichts tun?

Ich hatte Angst um meine Mama und war heilfroh, dass ich nicht allein im Zimmer war. Britta und Wolfram waren ja noch hier. Besonders Wolframs Gegenwart beruhigte mich sehr, war er es doch, der mich stets beschützte und dem ich blind vertraute. Er war doch mein großer Bruder. Nur diesmal, da stillte er nicht meine Neugier und sagte nichts zu den geheimnisvollen Vorgängen in unserer Wohnung. Ich hätte allzu gern gewusst, was da bei uns zu Hause ablief.

Das Geheimnis dieser Nacht? Ein Baby. Eine ganz einfache Lösung. Es war Kind Nummer vier und wurde Lilli genannt. Dieses Baby war genau drei Jahre und vier Monate jünger als ich, seine große Schwester Nena.

Kapitel 32

Als Lilli auf die Welt kam, soll sie eine verblüffende Ähnlichkeit mit mir als Neugeborenes gehabt haben. Meine Eltern sahen in ihr eine zweite Nena. Ja, eine zweite Nena wurde ihnen geboren.

Diese Ähnlichkeit stach Mutti nun ins Auge, als sie die Suchzeitung aufschlug und dieses besondere Foto von dem kleinen Mädchen entdeckte. Das musste Lilli sein! Ja, das war ihr Kind. Sie hatte Lilli gefunden. Etwas anderes war gar nicht möglich. Nach mehr als vier Jahren endlich ein Lebenszeichen von Lilli! Vor gut vier Jahren hatte sie ihr Kind zuletzt als Baby gesehen und nun auf Anhieb wiedererkannt! So etwas gelingt nur einer Mutter.

Sie hätte am liebsten alles stehen und liegen gelassen, um gleich zu diesem Kind loszufahren und es zu uns zu holen. Aber so einfach ging das nicht. Es mussten, ebenso wie bei mir damals im Jahr 1947, amtliche Schritte und Wege eingehalten werden.

Es begann eine aufregende Zeit in unserer Familie, also auch für Wolfram und für mich. Es drehte sich nun in jeder nur möglichen Minute, in jedem Gespräch alles um das kleine abgebildete Mädchen, das jetzt allerdings nicht mehr Lilli, sondern Anne-Marie genannt wurde. Damals, in dieser Schicksalsstunde, da war sie ja mit ihren inzwischen sieben Monaten noch nicht in der Lage, ihren Namen auszusprechen. Von den Leuten, bei denen sie nun war, wurde sie also Anne-Marie gerufen. Ihr jetziger Geburtstag war auch ein geschätztes Datum, ein Datum, das Mediziner laut ihrer körperlichen Verfassung festgelegt hatten. Aber die anderen Hinweise zu dem Kind, das da in der Suchzeitung Muttis Aufmerksamkeit erregte, zum Beispiel Fundort und -zeit, stimmten mit der Realität, wie wir sie erlebten, hundertprozentig überein, .

Neben den täglichen Pflichten zu Hause und neben der 48-Stunden-Wochenarbeitszeit setzte Mutti alle Hebel in Bewegung, um eine sofortige Verbindung zu dem Jugendamt aufzunehmen, das für dieses Kind laut Angaben unter dem Bild zuständig war, in diesem Falle eine Behörde in Sachsen. Damit war der Anfang gemacht. Aber dieser Anfang geriet bald ins Stocken und wollte kein Ende nehmen. Es war ja so, dass Mutti keine Handhabe hatte, einen Beweis für die Richtigkeit ihrer Annahme beziehungsweise Behauptung zu erbringen. Sie konnte lediglich von der Ähnlichkeit ausgehen und hatte nur die Möglichkeit, die übereinstimmenden Angaben in der Suchzeitung zu bestätigen.

Zwischenzeitlich, während der Briefverkehr zwischen Mutti und den betreffenden Ämtern hin- und herging, spielten sich für die beteiligten Parteien große Dramen ab. Ich selbst spürte dieses an Muttis

Äußerungen und an der langen Zeit, die mit dem Gezerre verging, und an den vielen Briefen, die Mutti erhielt oder abschickte. Es gab immer wieder neue Sachverhalte zu klären, weil vonseiten der Pflegemutter immer wieder unbekannte Fakten auftraten, die erst erörtert werden mussten, ehe der nächste Schritt getan werden konnte. Worum es ging, ist schnell gesagt:

Während Mutti ihr vermeintliches Kind auf dem Foto erkannt hatte und zu uns nach Hause holen wollte und das je früher, desto besser, hielt die andere Familie das Mädchen bei sich zu Hause in Sachsen fest und wollte es nicht loslassen, es nicht herausgeben.

Am schlimmsten waren die vielen Ungereimtheiten, die von Frau Rowe, der derzeitigen Pflegemutter dieses Mädchens, hervorgekramt wurden. Sie weigerte sich partout, das Kind herzugeben, suchte neue Ausflüchte und erfand stets weitere Ausreden und merkte zum Teil gar nicht, dass sie sich dabei selbst in der Debatte widerlegte.

Ein Argument, an dem sie sich aber festhielt, war das, sie hätte das Mädchen, das jetzt ihren Familiennamen trug, gewindelt und gewickelt, und das, als das Kind am meisten Arbeit machte, es somit aus dem Gröbsten herausgepäppelt und damit das Recht erworben, es behalten zu können.

Sie wollte es, obwohl sie genau wusste, dass es nicht ihr eigenes Kind war, für nichts in der Welt einer anderen Familie überlassen und verstrickte sich laufend in ihren Aussagen, warum ihr allein das Kind zustehe. Ihre Antworten widersprachen sich von Mal zu Mal, aber es war keiner da, der jeweils das Gegenteil beweisen konnte.

Kein Zweifel, dieses Mädchen, die kleine Anne-Marie, war in der dortigen Familie gut aufgehoben, wurde geliebt und behütet, aber das allein konnte ja nicht das entscheidende Kriterium sein, schon gar nicht für unsere Mutter.

So konnte und durfte das Tauziehen nicht weitergehen. Für Mutti, aber wohl auch für Frau Rowe, war es ein unhaltbarer Zustand. Zugegeben, es war für beide Seiten eine schlimme Zeit, die sich über viele Wochen und Monate hinzog, und es änderte sich nichts. Keine Behörde sprach ein Machtwort, keine Amtsperson traf eine endgültige Entscheidung. Aber auch von keiner Seite der zwei Mütter, die beide das Kind für sich beanspruchten, konnten handfeste Beweise für die Behauptungen vorgelegt werden.

Im Glauben und der festen Überzeugung, die Kleine sei Lilli und ihr Kind, ließ Mutti nicht locker und so setzte sich die Korrespondenz mit den verschiedensten Behörden weiterhin fort. Der Pflegemutter fielen immer wieder neue Ausreden, neue Begründungen ein, um ihre Anne-Marie bei sich behalten zu können, zum Beispiel auch zu dem Thema, woher sie dieses Kind hatte.

Mal sagte sie, dass der Bürgermeister des Dorfes ihr vor Jahren das Kind, das damalige Baby, an der Haustür übergeben hätte. Ein anderes Mal war das Kind in einem Kinderheim, und von dort hätte sie es geholt. In einer weiteren Vision hätte man ihr den Säugling aus einem Zug herausgereicht.

Jeder dieser Aussage musste nachgegangen werden, und musste überprüft werden, war doch das kleinste Detail für die eventuelle Aufklärung der Herkunft dieses Kindes entscheidend. Was stimmte nun aber? Wer entschied, was richtig war?

Auch der Zeitpunkt, seit sie das Kind hatte, war jedes Mal ein anderer und reichte vom Frühjahr 1944 bis zum Anfang des Jahres 1945.

Da wir unser Baby Lilli im März 1945, und das genau am 7. März, verloren hatten, - und an diesem Datum gibt es bis heute nichts zu rütteln, es steht hundertprozentig fest - war das alles eine ganz verzwickte Angelegenheit, die sich nun schon über ein ganzes Jahr hinzog.

Die Mitarbeiter vom Jugendamt, selbst ratlos, wie man weiterhin verfahren sollte, machten dann doch einen für uns akzeptablen Vorschlag, der allerdings von vornherein unsicher erschien:

Wir, also Mutti, Wolfram und ich, sollten nach Sachsen kommen, um an Ort und Stelle von einem anwesenden Vertreter des dortigen Amtes feststellen zu lassen, was es mit der äußerlichen Ähnlichkeit zwischen uns und dem Kind Anne-Marie auf sich hat. Konnte dieser Fall durch solche Überprüfung, die doch von vornherein auf wackligen Füßen stand, zum Abschluss gelangen?

Der Termin für dieses Vorhaben wurde für Frau Rowe, die Pflegemutter, überraschend festgelegt und durchgeführt. Vom Jugendamt befürchtete man, und das zurecht, dass sie sonst Vorbereitungen getroffen hätte, das Kind zu verstecken, es genau an diesem Tag irgendwo anders unterbringen würde. Unser Aufkreuzen sollte also unerwartet erfolgen.

Gesagt, getan.

Kapitel 33

Es war in den Sommerferien 1950, als wir mit dem Zug auf die Reise gingen, zuerst in die betreffende sächsische Kreisstadt, dann in Begleitung einer Amtsperson mit dem Auto in den zuständigen Wohnort von Frau Rowe.

Als wir dort ankamen, war das Kind gerade nicht im Hause. Es spielte aber draußen, ganz in der Nähe und wurde sogleich in die Wohnung geholt.

Nun trafen wir erstmalig auf die kleine Anne-Marie der Frau Rowe, jedoch Mutti auf ihre vermeintliche Tochter Lilli, Wolfram und ich auf unsere angebliche Schwester. Wie dann der erste Augenblick des Zusammentreffens war, vermag ich nicht mehr zu sagen, den kann ich beim besten Willen nicht mehr beschreiben. Ich erinnere mich nur, dass ich die gesamte Situation sehr angespannt fand. Frau Rowe war über unser Auftauchen verständlicherweise pikiert und uns gegenüber sehr reserviert, ja, vielleicht sogar abweisend. Es herrschte eine kühle und unangenehme Atmosphäre, aber das war ja zu erwarten.

Ob ich geschwisterliche Gefühle für dieses Mädchen verspürte, weiß ich wirklich nicht zu sagen, jedoch weiß ich, welchen Eindruck es auf mich machte. Mir fiel als erstes sein rundliches Gesicht auf, vor allem aber die langen dunkelblonden Zöpfe, die mir sehr gefielen, weil sie sorgfältig geflochten waren. Die Kleine sah äußerlich niedlich und sympathisch aus. Ihr Auftreten war allerdings widersprüchlich, einerseits tat sie sehr scheu und andererseits wirkte sie wiederum listig.

Anne-Marie (oder war es Lilli?) beäugte uns ziemlich misstrauisch und gewahrte einen gewissen Abstand zu uns, machte sich aber ansonsten nichts daraus, in der Gegenwart mehrerer fremder Personen mit Schuhen, an denen noch der matschige Schmutz der Regenpfützen klebte, in der ordentlich aussehenden Wohnung auf die Möbel zu klettern, um sich an einem hoch oben auf dem Vertiko stehenden Gefäß mit Bonbons ungefragt zu bedienen. Dabei sah sie siegesbewusst zunächst auf Frau Rowe und dann auf die gesamte Personengruppe, die da um den Tisch versammelt saß. Ihr Blick sprach Bände und war so zu deuten:

„Ätsch, ich habe es doch geschafft. Ich bin an das große Glas gekommen. Ich habe nun Bonbons und ihr nicht."

Als ich das sah, hatte ich den Gedanken, dass dieses augenblickliche Gebaren von Anne-Marie bestimmt nicht den Vorstellungen von Frau Rowe entsprach und sie wohl auch nicht ohne Grund die Bonbons außer Anne-Maries Reichweite deponiert hatte.

Ich fand das Verhalten dieses Kindes ganz schön dreist, hatte aber auch gleich für mich eine Erklärung parat. Entweder war es Verlegenheit, die überdeckt werden sollte, oder Anne-Marie nutzte die Gunst der Stunde, um an Süßigkeiten zu kommen, denn sie hatte bestimmt nicht zu befürchten, in unserem Beisein von der Pflegemutti gemaßregelt zu werden.

Mutti interessierte und registrierte natürlich ganz andere Dinge. Ihr fiel gleich ins Auge, dass dieses Kind nicht nur einen gesunden, sondern auch einen gepflegten Eindruck machte. Es trug ein Röckchen, das an paar Stellen sorgfältig geflickt war, und hatte trotz des Sommerwetters lange Strümpfe an, die an beiden Knien großflächig gestopft waren. Aber alles war sauber und insgesamt ordentlich. Mutti war sehr zufrieden mit dem, was sie da sah, ein von Gesundheit strotzendes Kind, das in einer Umgebung lebte, in der Ordnung, Sauberkeit und Fleiß keine Fremdbegriffe waren. Frau Rowe wuchs in ihrer Achtung.

Was Mutti sonst noch auffiel, weiß ich nicht, aber sie war auch nach diesem Termin weiterhin überzeugt, dass dieses kleine Mädchen Lilli sei, ihr eigenes Fleisch und Blut.

Nachdem der amtliche Akt, nämlich das Feststellen der äußeren Ähnlichkeiten, die beiden Mutti-Parteien keinen Schritt weitergebracht hatte, und sich jede dieser Frauen weiterhin als die eigentliche Mutter fühlte, geschah erstmal wieder nichts. Es verging ein weiteres ganzes zähflüssiges Jahr, ehe sich etwas tat.

Welcher psychischen Belastung wohl die beiden Frauen, einmal unsere Mutter, aber auch Frau Rowe, ausgesetzt waren, ich denke, das kann keiner ermessen, der nicht Ähnliches erlebt hat.

Keiner wusste und erahnte, wie dieser Streit enden würde, zumal die Pflegemutter plötzlich das nächste Ass aus dem Ärmel schüttelte. Es war ein Argument, das für sie sprach. Bei Frau Rowe tauchte ein Zettel aus der Vergangenheit auf, auf dem handschriftlich der Vorname des Kindes, wohlgemerkt der Vorname, notiert war. Ein Familienname stand nicht dabei, aber der Geburtsort und das Geburtsdatum waren angegeben.

Was war davon zu halten?

Diese Angaben stimmten natürlich ganz und gar nicht mit unserer Lilli überein. So kam alles wieder ins Stocken.

Nun war guter Rat teuer – und das im wahrsten Sinne des Wortes.

Es wurde von einer Blutuntersuchung gesprochen. Diese Maßnahme entsprach eigentlich nicht dem Zeitgeist jener Jahre und war auch in Fällen, wie in unserem, noch unüblich und wenn doch, dann wurde sie äußerst selten angewandt. Es war eine umständliche, aber auch kostspielige Angelegenheit, so dass sie von amtlicher Seite zunächst gar nicht infrage kam.

Aber das Jugendamt in Sachsen setzte sich schließlich in der Auseinandersetzung - mit wem auch immer - durch und legte fest, noch im Jahre 1951 in Leipzig mit Blutproben dem ganzen Spuk ein Ende zu bereiten.

Das war also zwei Jahre nach dem Erscheinen des Fotos in der Suchzeitung. So lange zog sich das alles nun schon hin.

Wir warteten ganz gespannt auf den Termin. Aber es kam wieder einmal ganz anders. Unser Bluttest entfiel plötzlich, war unbedeutend geworden, und keiner erwähnte dieses Thema mehr.

Ein großer Schicksalsschlag in der Familie der Gegenpartei löste das Problem zu unseren Gunsten auf eine traurige Weise, so dass unser Blut nicht mehr relevant war. Es interessierte jetzt keinen mehr, ob bei uns verwandtschaftliche Beziehungen bestünden oder nicht.

Es waren gerade wieder Sommerferien, als Mutti wichtige Post erhielt mit einer noch wichtigeren Nachricht. Ihr wurde mitgeteilt, dass Frau Rowe, die Pflegemutter von Anne-Marie, unerwartet verstorben sei und das Mädchen nun – inzwischen auch vom

Pflegebruder getrennt – in einem Kinderheim untergebracht sei und dringend darauf wartet, von unserer
Mutter abgeholt zu werden.

Diese Nachricht schlug bei uns wie der Blitz ein.
Zwei lange Jahre der Ungewissheit hatten damit - besonders für Mutti - ein jähes Ende. Sie war unsagbar
glücklich, ihr Lilli-Kind endlich zu sich holen zu dürfen.

Ja, so schnell kann es manchmal gehen. Von amtlicher Seite war man wohl auch froh, damit wieder einen Aktenordner mit dem Vermerk „Erledigt" schlie-
ßen und zur Seite legen zu können.

Mutti ließ alles stehen und liegen, um sofort mit dem
Zug loszufahren. Ich weiß gar nicht, wie sie das mit
den freien Tagen im Betrieb hinbekam, weiß aber,
dass man ihr viel Verständnis entgegenbrachte und ihr
sogar noch die Reisekosten spendierte, denn in unserem Portemonnaie war eigentlich immer Ebbe, und
das trotz Muttis fleißiger und regelmäßiger Büroarbeit
im Betrieb bei achtundvierzig Stunden in der Woche.

Aber es klappte alles wie geplant, und Mutti brachte
unsere Schwester nach Hause.

Ja, da war Lilli nun, und ich persönlich fand, sie war
ein schwer zugängliches, aber recht wildes und eigen-
williges Mädchen, dem schon in den ersten Tagen
draußen beim Spielen keine Zäune zu hoch waren, um
diese zu erklimmen und sich nicht darum scherte, dass

dabei ihr gelb-geblümtes Kleidchen, das sie bei ihrer Ankunft bei uns trug, an einem Nagel hängenblieb und von oben bis unten zerriss. Das war natürlich auch sechs Jahre nach dem Kriegsende noch ein Malheur, nicht nur ein materieller, sondern auch ein finanzieller Schaden, den Mutti aber geduldig und geschickt in bloßer Handarbeit beseitigte. Ja, das war der Anfang.

Manchmal bemerkte ich schon, dass es offensichtliche Unterschiede zu uns gab, zum Beispiel die Form der Füße. Die langen schlanken Füße aller unserer Familienmitglieder fehlten bei Lilli. Im Vergleich zu uns hatte sie kurze kompakte Füße. Auch ihr hoher Spann war untypisch für uns.

Eigenartig fand ich auch, dass sie nicht imstande war, das einfachste Kinderlied melodisch richtig zu singen.

Dann war da noch eine Charaktereigenschaft, die mir in der Familie bisher völlig fremd war, der Drang, sich Vorteile gegenüber anderen zu beschaffen. Wurde sie dabei ertappt, leugnete sie sogar den Vorfall.

Aber Mutti war sehr nachsichtig, und ich sagte mir, dass sie es schon mit der Zeit schaffen würde, eine Veränderung dieses negativen Wesenszuges bei Lilli zu erreichen.

Wenn mir als zehnjähriges Kind schon alle diese Dinge ins Auge stachen, was mag dann Wolfram bei unserer neuen Schwester an verschiedenartigen Familienmerkmalen beobachtet haben? Ich denke, bestimmt fiel Wolfram, weil er ja älter und schon verständiger war, noch viel mehr auf. Aber darüber wurde nie gesprochen. Mutti hatte dieses Kind, ihr Kind, zu uns geholt, und so wurden alle Gedanken an Ähnlichkeiten und Unterschiede beiseitegeschoben. Es fiel keinem von uns ein, die Richtigkeit von Muttis Handlung anzuzweifeln, und wir nahmen unsere Schwester an, wie sie eben war. Sie gehörte zu uns, und wir zogen mit Mutti an einem Strang, damit sich Lilli in unserer Familie zurechtfand.

Natürlich gab es hin und wieder kleine Episoden, die ich nicht so prickelnd fand und die uns allen auch viel Einfühlungsvermögen abverlangte. Wir mussten ja immerhin bedenken, Lilli wuchs als Anne-Marie in einem ganz anderen Milieu auf und verlor von heute auf morgen ihre bisherigen Bezugspersonen.

Bei allem Verständnis für diese Situation will ich hier an dieser Stelle jedoch drei Vorkommnisse anführen, die verdeutlichen, was ich meine, wenn ich sage, Lillis Schwindeleien störten wohl nicht nur mich.

Als Lilli bei uns eintraf, hatte sie schon wenige Tage darauf ihren siebten Geburtstag, den sie in diesem Jahr sogar zweimal hatte, einmal im März als Anne-Marie und einmal dann bei uns im August als Lilli. Sie wünschte sich einen Roller und bekam ihn auch.

In der Folgezeit war sie viel mit diesem Gefährt unterwegs. Soweit war alles in Ordnung, aber eines Tages wurde sie von einer Nachbarin gesehen, wie sie in den benachbarten Straßen mit dem Roller unterwegs war und dabei einen Lutscher im Mund hatte. Von Mutti daraufhin zur Rede gestellt, wobei es unserer Mutter auf die große Verletzungsgefahr bei einem Sturz mit dem Roller und dann mit einem Lutscher im Mund ankam, sollte Lilli auch sagen, woher sie den Lutscher beziehungsweise das Geld dafür hatte. Nach langem Leugnen kam dann heraus, dass sie sich heimlich an Muttis Portemonnaie bedient hatte.

Im Zusammenhang mit Süßigkeiten gab es etwa ein gutes halbes Jahr später wieder Ärger, aber diesmal mit mir. Mit meinem Weihnachtsteller, dem Bunten Teller, ging ich sehr sparsam um. Ich hatte verschiedene Dinge zur Seite gelegt, um sie mir möglichst bis Ostern, wenn die nächsten Leckereien zu erwarten waren, einzuteilen. Aber schon wenige Tage nach Weihnachten war das Schälchen mit meiner Reserve bis auf den letzten Krümel leer. Natürlich stritt Lilli zunächst wiederum ab, der Süßigkeitsdieb gewesen zu sein.

Das dritte Vorkommnis, das ich hier anführe, betraf unseren Bruder. Er war sehr aufgebracht, als Lilli einen an ihn gerichteten Brief von einem Mädchen geöffnet hatte. Sagte ich eben, Lilli? Nein, selbstverständlich war sie es wieder nicht.

Insgesamt lief alles nach und nach recht gut. Jetzt war es dieses Mädchen, das sich an die Normen in der Familie und an eine neue Umgebung gewöhnen musste, so wie ich damals, als ich im Jahre 1947 hierherkam.

Nur eines bedauerte ich sehr, und zwar hatte ich das Empfinden, dass sich Wolfram seit Lillis Ankunft in unseren engen Wohnverhältnissen nicht mehr so recht wohlfühlte. Zehn Jahre Altersunterschied zu Lilli, zu dem Kind, dem in dieser Zeit das verstärkte Augenmerk aller Familienmitglieder galt, waren nicht einfach zu übersehen und wegzuwischen, zumal er seine Belange in einem Haushalt mit zwei jüngeren Schwestern sowieso schon stets zurückschrauben musste. Er zog sich zusehends zurück und suchte dann vorzeitig nach einem Weg außerhalb der Familie.

Kapitel 34

So begann also nicht nur für die heimgekehrte Schwester ein neues Leben, wir waren alle betroffen.

Allerdings gab es wohl ein Problem, dem zumindest ich keine Beachtung schenkte, da es mir allerdings auch nicht als ein wirkliches Problem bewusst war. Heute frage ich mich: Wieso eigentlich nicht? Erst jetzt beim Aufschreiben der Fakten stolpere ich darüber, erst jetzt denke ich darüber nach, dass da etwas schiefgelaufen sein könnte.

Unser neues Familienmitglied, das seit mehr als sechs Jahren auf den Namen Anne-Marie hörte, erhielt von einer Minute zur anderen einfach den Vornamen Lilli übergestülpt, so wie er auf der Geburtsurkunde des bisher vermissten Kindes von Mutti geschrieben stand, außerdem das entsprechende Datum der Geburt und unseren Familiennamen.

Wer beantwortet mir nun die Fragen:

Wie geht ein Mensch, in diesem Fall ein Kind, das bereits denken und Zusammenhänge erkennen kann, damit um, wenn er genötigt wird, plötzlich eine andere Person zu sein? Was spielt sich im Inneren dieses Menschen ab, wenn er seine bisherigen Erfahrungen bezüglich seiner Person vergessen muss und eine neue Identität erhält?

Ich weiß es nicht. Ich habe hierauf keine Antwort, kann hierzu nichts sagen, da ich es - zum Glück, sage ich heute - nicht selbst erleben musste.

Mit dieser Tatsache musste aber Lilli fertig werden, und ich glaube, das fiel ihr doch schwerer, als wir alle vermuteten. Viele Äußerungen - auch Jahre später - ließen erkennen, dass sie erhebliche Schwierigkeiten damit hatte.

Und unsere Mutter? Sie war hocherfreut, hatte sie doch einen weiteren Erfolg bei der Suche nach ihren Lieben erreicht. Wir Kinder waren nun, soweit das möglich war, wieder bei ihr. Sie hatte uns, die Lebenden, in die Familie zurückgeholt.

Es ist schon bewundernswert, mit welcher Energie, mit welcher Kraft und Geduld sie es über Jahre hinweg fertigbrachte, nie nach Vergangenem zu jammern, nie zu klagen, immer nach vorn zu sehen und uns eine herzensgute Mutter zu sein. Sie gab uns drei Kindern stets die notwendige Zuwendung und unterstützte uns, eine gute Ausgangsbasis für die Zukunft zu schaffen. Leider blieb ein Herzenswunsch unerfüllt, nämlich die Klärung des Schicksals unseres Vaters, ihrer Mutter und der einzigen Schwester. Wie sehr sie das belastete, wie tief ihre Trauer um diese Personen war, hat sie nie nach außen gekehrt, wahrscheinlich um uns Kinder zu schonen. Aber einmal, da rastete sie unheimlich aus, als ich, ohne mir darüber

Gedanken zu machen und ohne es im Voraus zu ahnen, in ein Fettnäpfchen trat.

Ich hatte irgendwo von meinen Spielfreunden den Text und die Melodie von einem lange bekannten und beliebten Schlager, einem Gassenhauer, aufgeschnappt und trällerte nun in Muttis Hörweite „Meine Oma fährt im Hühnerstall Motorrad ohne Bremse, ohne Hupe, ohne Licht". Mutti war von meiner unüberlegten Grölerei sehr verletzt, und es muss sie unheimlich negativ berührt haben. Jedenfalls wurde sie bitterböse und putzte mich ordentlich herunter, was ich damals natürlich überhaupt nicht verstand.

Erst als ich nach Muttis Tod in den hinterlassenen Papieren eine alte Postkarte, die ihre Mutter noch am 30. März 1945 an sie schrieb, entdeckte und diese las, fiel mir diese Episode mit dem Lied wieder ein.

Wie diese Karte jemals in Muttis Besitz kam, ist mir unerklärlich. Sie war an einen mir völlig unbekannten Adressaten geschickt und hat doch tatsächlich Mutti auf irgendwelchen Wegen erreicht.

Diese Karte, die für uns das letzte Lebenszeichen unserer Oma ist, besagt also, dass unsere Oma und auch Muttis Schwester noch bis zu jenem Tag, dem 30. März 1945, lebten und noch in Königsberg waren. Schon wenige Tage danach, vom 6. bis 9. April fand aber die große Angriffsoperation auf die Hauptstadt Ostpreußens statt, die mit der Eroberung dieser Stadt endete. Was mit Oma und unserer Tante geschah, wird wohl ewig im Dunkeln bleiben.

Aus dem Inhalt der Postkarte, der fein säuberlich in alter deutscher Schrift zu lesen ist, gehen Omas Sorgen um uns, ihre Liebe zu ihrer Tochter und uns Kindern hervor.

Ich kann mir gut vorstellen, dass Oma statt der Karte viel lieber einen langen Brief geschrieben hätte, aber das war damals nicht erlaubt. Man durfte nur Karten verschicken, die jedermann öffentlich zugänglich waren, die jeder lesen konnte.

Kapitel 35

Seitdem sind nun viele Jahre vergangen. Mutti hat uns schon vor gut zwei Jahrzehnten verlassen, ebenso wie kurz darauf auch Wolfram, ihr einziger Sohn.

Zwischen uns Schwestern lief es so, wie es auch oft bei anderen Geschwistern ist, mal gut und dann auch wieder weniger gut. Aber was dann geschah, das wäre mir nie zuvor in den Sinn gekommen und war ein unglaublicher Hammerakt, der mich sehr schockierte und auch heute noch immer wieder Anlass zum Grübeln ist.

Ich bin aber sehr froh, dass unsere Mutter das Folgende nicht mehr erlebte. Für sie, die stets das Beste für alle ihre Kinder gewollt und getan hat, sich für jeden von uns aufopferte und kämpfte, immer unser Wohl im Auge hatte und in ihrem ganzen Leben eigene Wünsche und Interessen stets zurückstellte, wäre es unweigerlich ein vernichtender Schlag gewesen, der nicht wieder gutzumachen wäre und von dem sie sich bestimmt nie erholt hätte.

Ja, was war denn nun so psychisch Grausames geschehen? Es sind nun schon ein paar Jahre vergangen, als dieses passierte:

Es war der Tag, an dem Lilli Geburtstag hatte. Ich wollte sie überraschen und ihr zum Wiegenfest telefonisch gratulieren. Diese Geste hatte leider bei uns keine Tradition, war nicht selbstverständlich, sondern nur sporadisch, denn es herrschten immer wieder einmal aus zum Teil unerklärlichen oder auch lächerlichen Gründen Zeiten der Funkstille zwischen uns. Da Lilli sich aber ein paar Monate zuvor nach einem sich für sie Vorteile erheischenden Zerwürfnis überwunden und an meinen Geburtstag gedacht hatte, wollte ich mich nun bei ihr revanchieren.

Ich wählte also ihre Telefonnummer und wartete; aber nicht Lilli nahm den Hörer ab, sondern ihr Mann, mein Schwager Schorsch, meldete sich. Es folgte die übliche Begrüßung und ein kleines Wortgeplänkel, das etwa so eingeleitet wurde:

„Hallo, Schorsch! Grüß dich! Ich bin's, Nena. Haben lange nichts voneinander gehört."

„Hallo, Schwagerinchen! Schön, dich zu hören."

„Ja, wie geht's dir denn? Ist alles o.k.? Ist dort auch solch schönes Sommerwetter?"

In diesem Stil ging es weiter, bis ich ihm sagte, dass ich eigentlich anrief, um Lilli zum Geburtstag zu gratulieren und fragte, ob sie denn zu sprechen wäre.

Es folgte…keine Reaktion. Stille in der Leitung. Schorsch sagte nichts. Seine Antwort ließ lange, zu lange, auf sich warten.

Eigenartig! Ich fing schon an, mir Sorgen zu machen. War da etwa etwas Schlimmes geschehen? War jemandem in der Familie etwas zugestoßen? Etwa ihren Kindern?

Ich wollte gerade ansetzen und vorsichtig nachfragen, aber dann – das Ende der Pause. War das eine Verlegenheitspause? Wenn ja, warum?

Schorsch räusperte sich einmal, räusperte sich erneut und immer wieder nach geeigneten Worten suchend, entgegnete er dann schließlich:

„Mmmh, weißt du, Nena, das ist ja gut gedacht von dir, das ist eine ganz liebe Sache. Schön, dass du daran gedacht hast. Aber nach Muttis Tod hat sich einiges geändert. Lilli hat etwas in Muttis Nachlass gefunden.

Sie hat heute nicht Geburtstag. Der war schon vor fünf Monaten. Sie hat nicht mehr im August, sondern im März Geburtstag. Lilli heißt auch nicht mehr Lilli. Sie heißt jetzt wieder Anne-Marie. Das hört sich vielleicht etwas konfus an, hat aber seine Richtigkeit.

Inzwischen ist das auch amtlich geregelt. Ihre Ausweise wurden schon vor etlichen Wochen geändert."

Gebannt lauschte ich dieser seltsamen Rede. Das Gehörte verschlug mir die Sprache. Es klang alles so unglaubwürdig. Ich wusste gar nicht, was ich sagen sollte. Das war doch alles totaler Quatsch, völliger Blödsinn. Nein, so etwas gab es doch gar nicht. Dementsprechend fiel dann auch meine Erwiderung aus:

„Du, Schorsch, das ist doch alles Unsinn, was du da von dir gibst. Ich verstehe gar nicht, wovon du sprichst. Was ist das für ein Spielchen, das du dir da ausgedacht hast? Machst du einen Scherz mit mir?"

„Nein, nein, Nena, das stimmt wirklich. Sie heißt nun wirklich Anne-Marie. Und es ist so, mit dem Vornamen wird auch jedes weitere Detail der Personalien geändert. Das betrifft also alle personenbezogenen Daten.

Mir ist das ja alles egal, egal, ob sie so oder so heißt. Ich nenne sie immer noch „Lilli". An den Namen habe ich mich gewöhnt, und ich bleibe dabei.

Aber die Namensänderung hat auch einen Vorteil. Als Anne-Marie ist sie älter als Lilli. Das macht fast ein halbes Jahr aus und bewirkt einen früheren Rentenbeginn. Sie erhält demzufolge ein paar Monate eher ihre Rente.

Tut mir sehr leid, dass du das alles so erfahren musst. Lilli ist im Moment nicht zu Hause, aber wenn sie kommt, könnt ihr ja noch einmal über alles sprechen. Sie kann dir das besser erklären als ich.

Mir ist das auch schon über. Verstehe mich bitte richtig, ich mag nicht mehr darüber sprechen. Das ist Lillis Angelegenheit."

Peng! Ja, so war es. Was sollte ich davon halten?

Epilog

Dieses Telefongespräch erschütterte mich tief. Seitdem besteht in meiner Gedankenwelt ein riesengroßes Durcheinander. Ich begreife gar nichts mehr und bemühe mich – bisher immer noch vergebens – Ordnung in diesen Wirrwarr zu bringen. Was war das für ein Chaos? Wie konnte es nur zu diesem kommen? Nicht zu fassen, dass sich Lilli nicht mehr als Muttis Tochter sieht und das auch noch beglaubigen ließ!

Meine ersten Gedanken waren: Es könnte ja auch sein, dass diese aufgetauchten Papiere gar nicht echt sind, dass sie gefälscht sind. Woher sollten denn plötzlich die Belege in Muttis Nachlass kommen, die solch eine Kette der Verwirrung auslösten? Warum kam nicht schon früher jemand auf die Idee, die ganze Sache mit Lilli alias Anne-Marie zu überprüfen und richtig zu stellen? Rund fünf Jahrzehnte lebte Lilli unter diesem Namen in unserer Familie. Keiner kam auf die Idee, auf Fakten zu reagieren, warum nicht? Nein, das kann nicht sein, dass Mutti etwas übersehen hat. Das kann und will ich nicht glauben. Oder doch? Was war wann schiefgelaufen?

Ich weiß, in der Kriegs- und Nachkriegszeit passierte ja so viel, was heute für Uneingeweihte und Unbeteiligte unlogisch klingt. Trifft das nun auch auf unsere Familie zu, dass etwas unlogisch ablief?

Hat Mutti gar wissentlich ein fremdes Kind als ihr eigenes bei sich behalten und mit viel Liebe behütet, genährt und aufgezogen?

Was hat unsere Mutter uns, ihren Kindern, verschwiegen? Was wusste sie? Seit wann wusste sie das? Dieses Wissen nahm sie mit ins Grab. Warum?

Was hat Mutti noch alles mit sich herumgetragen, was wir nie mehr erfahren werden? Gab es da noch weitere Geheimnisse?

Mutti, hättest du dich doch einem von uns anvertraut!

Nun bleiben nur noch Fragen über Fragen zurück, mit denen ich mich auseinandersetze. Ich suche nach Antworten und finde keine.

Gewiss, es wurde zu Lebzeiten unserer Mutter noch vieles anders gehandhabt. Maßstäbe und Wertungen haben sich gerade in den letzten Jahren grundsätzlich verändert, ich denke, in so manchen Dingen nicht immer zum Positiven. Schade, dass gute Normen unterzugehen drohen. So fällt besonders auf:

Leistungen zählen nicht. Vieles ist oberflächlicher, gleichgültiger geworden. Jeder darf ohne fundierte Kenntnisse sich in alles einmischen, über alles reichlich labern, urteilen und verurteilen, auch wenn es ihm eigentlich gar nicht zusteht. Es ist heutzutage „cool", mit dem Finger auf andere zu zeigen und im übertragenen Sinn über den Dreck vor der eigenen Haustür hinwegzusteigen.

Es ist auch eine Tatsache, dass Eltern vor ein paar Jahrzehnten, als der Begriff „Respekt" noch keine leere Phrase war, kritische Fragen meist mit sich selbst ausmachten und sie nicht zur Diskussion mit ihren Kindern freigaben, anders ausgedrückt, sie banden sie nicht ihren Sprösslingen auf die Nase, aber nicht um Dinge zu verschweigen, sondern um die Kinder zu schützen. Gerade die Thematik über Adoptions- oder Pflegekinder war ein sehr sensibles Thema und wurde nur in den wenigsten Fällen offen behandelt.

Mutti wollte, und davon bin ich hundertprozentig überzeugt, für diese Tochter, die sie zunächst unbewusst, dann aber (eventuell?) bewusst als ihre Nicht-Tochter in der Familie behielt, nur das Allerbeste. Wahrscheinlich sollte Lilli nie den Sachverhalt erfahren, weil Mutti davon ausging, Lilli wäre nicht reif, nicht gefestigt genug, die Wahrheit zu vertragen. Bestimmt befürchtete sie eine Überreaktion dieser Tochter, die ja dann auch fast fünf Jahrzehnte später mit der überstürzten Lossagung von der Familie, der moralischen Verleugnung der Frau, die ihr in all den Jahren die Mutter ersetzte, eintraf. Das Verwerfliche, das ich darin sehe, ist der Aspekt, dass wenige Geldscheine genügten, eine mehrere Jahrzehnte während Mutterliebe einfach wegzuwerfen.

Ich persönlich stelle mir auch die Frage: Was wäre aus Lilli alias Anne-Marie geworden, hätte Mutti, als sie erkannte, Lilli ist doch nicht ihre Lilli, zurück in ein Heim gegeben? In ein Heim, in dem sie ein Kind unter vielen gewesen wäre, um dort zusammen mit den anderen sehnsuchtsvoll von einer liebevollen Mutti zu träumen?

Auf wessen Seite stehe ich eigentlich? Wie ordne ich das alles ein?

Kaum zu glauben, dass Lilli nicht Muttis Tochter sein soll. Demzufolge ist sie auch nicht meine Schwester! Sie ist ja auch nicht Lilli. Sie ist Anne-Marie. Ob ich das irgendwann begreife?

Aber eines beschäftigt mich nun doch sehr: Ich meine, es ist nicht richtig, nicht gut, dass meine nun amtlich bestätigte Nicht-Schwester sich behördenmäßig von der Familie losgesagt und sich damit auch von Mutti losgelöst hat, von einer Mutter, die das letzte Hemd für jedes ihrer Kinder in den schwersten Jahren ihres Lebens opferte, von einer Familie, die ihr Geborgenheit und Zuwendung gab. Sie hat Mutti verraten, gegen fünf Monatsrenten eingetauscht und damit, so meine ich, eine unsichtbare moralische Grenze überschritten.

Man sagt, ein gemeinsames Leben verbindet mehr als Blut. Ich finde aber, dieser letzte Teil meiner Geschichte ist ein Paradebeispiel dafür, dass dieser Ausspruch nicht stimmt.

Ich glaube, nein, ich bin sicher, die wahre Lilli, wenn es sie denn noch gäbe, hätte eine Mutter niemals verkauft, um daraus Geld zu erzielen. Solche Eigenschaft, nenne ich sie „auf eigenen Vorteil bedacht", solches Persönlichkeitsmerkmal passt zu keinem in unserer Familie.

Aber was ist denn nun mit der richtigen Lilli? Gibt es keine wirkliche Lilli? Oder doch - irgendwo? Wurde sie vielleicht auch aus dem durch Artilleriegeschütze zerstörten Haus, aus den Feuerflammen gerettet und lebt irgendwo unter falschem Namen?

Fragen über Fragen, die immer unbeantwortet bleiben werden, und ich grüble und grüble, beschäftige mich Tag und Nacht, Nacht und Tag mit diesen Fragen.

Die Gedanken kreisen und kreisen, und aus der Familie ist keiner aus meiner Generation mehr auf Erden und hilft mir, die Gedankenkreise zu stoppen. Ich muss mit der Erkenntnis weiterleben:

Die nächtliche Gedankenflut ist noch lange nicht zu

Ende.   .

Zeitfracht Medien GmbH
Ferdinand-Jühlke-Straße 7
99095 Erfurt, Deutschland
produktsicherheit@kolibri360.de